W0461717

Kester Schlenz

Flucht aus der Unterwelt

Das erste Abenteuer der Geister-Gang

Für Henri und Hannes –
Danke für die coole Mitarbeit.
Hagganaug!

INHALT

GRUSELGASSE
KNOCHEN-GASSE
JenSeitsallee
ZOMBIESTRAßE

MADAME MALUS

Ich glaube nicht an Geister und Gespenster. Ich *weiß*, dass es sie gibt. Ich weiß auch, dass es Werwölfe, Trolle, Hexen und Vampire gibt. Und Wesen, die ihr euch noch nicht mal in euren schlimmsten Albträumen vorstellen könnt. Denn ich habe sie alle getroffen. Damals – in der ANDEREN WELT. Ich will euch davon erzählen. Von der unglaublichsten Reise, die drei Kinder jemals unternommen haben. Von einer Reise in eine andere Dimension.

Alles begann an einem warmen, regnerischen Sommerabend. Ich heiße übrigens Till und bin zwölf. Mit meinen beiden Freunden Meck und Bea war ich auf dem Jahrmarkt, der jedes Jahr in unserm Dorf stattfindet. Mit Schießbuden, Autoscootern und all diesem Zeugs. Meck ist elf, dick wie ein Wal, aber ein prima Kerl. Er kennt mehr Witze als jeder andere Mensch und jeder Außerirdische, möchte ich mal behaupten. Bea ist zehn und dünn wie ein Bambusrohr. Aber sie hat ein Mundwerk wie ein Maschinengewehr. Wer sich mit ihr anlegt, wird mit Wort-Granaten niedergemacht. Ich kann euch sagen: Das Mädel kann fluchen, da werden sogar Knastbrüder rot.

Also, der Jahrmarkt war an diesem Abend nicht

besonders gut besucht. Es fing an zu nieseln und es waren kaum noch Leute da.

„Du meine Güte", sagte Bea, als wir mit einem Eis in der Hand vor dem fast leeren Riesenrad standen. „Was sind die Leute doch empfindlich. Man möchte meinen, die Niagara-Fälle würden über uns hereinbrechen, so stellen die sich an. Dabei pieselt es doch nur ein bisschen."

„Exakt“, bestätigte Meck. „Die sind allesamt Weichlinge, Winselstuten und Sesselpupser.“ Er hob die Arme und rief laut: „Meine Damen und Herren, wie soll es noch enden mit diesem Land? Wenn keiner mehr bereit ist, Leistung zu zeigen! Es muss doch möglich sein, auch bei Regen Spaß zu haben!“

Ein Ehepaar, das vorbeiging, schüttelte den Kopf. Aber Bea und ich applaudierten ihm.

Bea rief: „Meck muss Bürgermeister werden! Neue Männer braucht das Land!“

Wir gingen kichernd an der Geisterbahn vorbei, an deren Fassade ein riesiger Totenkopf prangte, der immer den Mund auf- und zumachte. Und aus einem Lautsprecher tönte dazu: „Alles jubelt, alles lacht, wenn der Geister-Express seine Runden macht!“ Aber niemand jubelte oder lachte. Es waren kaum Besucher da, die Lust hatten, sich in einen der Wagen zu setzen. Nur an einer Schießbude standen ein paar junge Männer, die Bier tranken und dauernd danebenschossen.

„Darf ich vorstellen: die Schützenkönige unserer wunderschönen Gemeinde!“, rief ich und wies mit übertriebener Geste auf die Suffköppe. Meck und Bea klatschten Beifall und lachten.

Ein Losverkäufer mit einem viel zu kleinen Hut auf dem Kopf wurde auf uns aufmerksam, kam auf uns zu und sagte: „Lose, Lose, Lose – jedes dritte Los gewinnt!“

„Danke, danke, danke“, antwortete Bea. „Jedes dritte Kind ist pleite.“

Großes Gekicher. Es war immer sehr lustig, wenn wir drei zusammen waren. Stets ging es darum, wer die anderen mit Witzen und irgendwelchen Streichen übertreffen konnte. So eine Art Gag-Wettbewerb. Wir konnten uns da richtig reinsteigern. Wer hätte gedacht, dass uns unser Übermut heute noch das größte und gefährlichste Abenteuer unseres Lebens bescheren würde?

Lachend liefen wir ein paar Hundert Meter über den halb leeren Jahrmarkt und standen schließlich etwas aus der Puste in der Nähe eines ziemlich kleinen schwarzen Zeltes.

„Was ist denn das für ’ne mickrige Hütte?“, fragte Bea.

Wir gingen näher heran und entdeckten ein kleines Schild über dem wirklich nicht sehr imposanten Zelt. Darauf stand: *Madame Malus – Wahrsagerin*.

„Den Namen kenne ich“, sagte Meck und runzelte die Stirn. „Von der hat mir meine Mutter erzählt. Sie war neulich bei dieser Madame und hat sich aus der Hand lesen lassen, weil sie an so ein Zeugs glaubt. Und hinterher war sie ganz fertig, weil ihr diese komische Frau total Angst gemacht hat. Dass sie bald einen Unfall haben würde, wenn sie nicht aufpasst, und so was.“

„Ätzend“, meinte Bea. „Ich finde, diese Madame muss dringend ein bisschen verarscht werden.“

„Genau“, sagte ich, schob die Zeltplane am Eingang ein wenig zur Seite, streckte meinen Po hinein und rief: „Sie können mir aus der Hand lesen, Madame! Oder

das Neueste von meinem Hintern, ganz wie Sie wünschen.“

Wir lagen am Boden vor Lachen. Ich weiß beim besten Willen nicht, was mit uns los war. Nett war das wirklich nicht. Aber die Vorstellung, Madame Malus würde mit ernstem Gesicht vor meinem Po hocken und mir die Zukunft voraussagen, war ein echter Knaller.

Und dann meinte Meck: „Hier muss noch härter durchgegriffen werden. Ich will Rache für meine Mama.“

Sofort fing er an, die Heringe, mit denen das Zelt der Wahrsagerin im Boden befestigt war, einen nach dem anderen herauszuziehen.

Bea und ich machten nach kurzem Zögern begeistert mit.

Aber mittendrin – das Zelt hatte schon schwere Schlagseite – schoss plötzlich eine Gestalt aus dem Zelt, packte mich blitzschnell am Ohr und zerrte mich hinein. Bea und Meck schüttelten erst ungläubig den Kopf, rannten uns dann aber entschlossen hinterher.

Die Gestalt, offensichtlich Madame Malus, war ziemlich alt, trug ein schwarzes langes Kleid, ein noch schwärzeres Kopftuch und war ganz deutlich mächtig sauer auf uns. Sie hatte mich inzwischen losgelassen, und wir drei standen etwas bedeppert in ihrem dunklen, nur von Kerzenlicht beleuchteten Zelt und wussten nicht, was wir sagen sollten.

„Das könnte euch so passen“, schimpfte Madame Malus mit schnarrender Stimme. „Vor meinem Zelt herumlungern, mich beleidigen und es dann auch noch fast zum Einsturz bringen!“

Mit einem Schlag war uns die Sache ungeheuer peinlich, und ich versuchte, die Wahrsagerin zu beschwichtigen: „Also, äh … sorry, Madame … wir wollten nicht …“

„Papperlapapp!“, unterbrach sie mich barsch. „Ihr drei Rotzlöffel braucht eine Lektion, die ihr nie vergesst! Ihr werdet nie wieder so respektlos zu Madame Malus sein!“

„Kommt, wir hauen ab“, zischte uns Bea zu. „Die Alte ist ja völlig durchgeknallt.“

Wie auf ein Kommando drehten wir uns um und wollten hinauslaufen. Doch – wir konnten es kaum glauben – der Ausgang war verschwunden! Da, wo man eben nur eine Plane etwas zur Seite schieben musste, um auf den Jahrmarktplatz hinauszugelangen, war auf einmal nur eine glatte, undurchlässige Zeltwand.

„Das gibt's doch nicht!", stöhnte Meck und befummelte hilflos das Zelt.

„Nimm deine dicken Finger von meinem Eigentum!", fauchte Madame Malus.

Wir starrten sie erschrocken an. Erst jetzt registrierten wir, was sich noch im Zelt befand: ein Tisch mit einer roten Decke, davor zwei Stühle, ein Vogelkäfig, über den ein Tuch gedeckt war, vier große Kerzen auf sonderbar verzierten Ständern und mitten auf dem Tisch eine große Glaskugel, die von innen beleuchtet war.

Das Ganze war so typisch für eine Wahrsagerin, dass es eigentlich schon wieder komisch gewesen wäre, wenn wir nicht auf einmal so massiven Schiss gehabt hätten.

Irgendetwas stimmte hier nicht, stimmte ganz gewaltig nicht.

Wir hatten offenbar über die falsche Frau Witze gemacht.

„Ja, das habt ihr", zischte die Wahrsagerin und ich zuckte zusammen. Sie konnte meine Gedanken lesen! Verdammter Mist. So was gab's doch nicht!

„Ich glaube, wir haben ein klitzekleines Problemchen", flüsterte Meck. Das sagte er immer, wenn es irgendwie unangenehm wurde.

Madame Malus bewegte sich nicht. Aber sie sprach. Leise, eindringlich, mit plötzlich sehr warmer, einfühlsamer Stimme.

Allerdings verstanden wir kein Wort. Es war ganz offenbar eine fremde Sprache. Eine, die wir alle drei noch nie gehört hatten.

„Das sind Beschwörungen“, rief Bea plötzlich. „Verdammt, die will uns verhexen!“

Bea kannte sich gut aus mit solchen Dingen. Sie hatte mehr Horrorfilme gesehen als alle in unserer Klasse zusammen.

Ich wollte ihr und Meck gerade zurufen, dass sie sich die Ohren zuhalten sollten. Aber auf einmal konnte ich mich nicht mehr bewegen und auch nicht mehr sprechen.

Den anderen ging es genauso.

Madame Malus lächelte grausam, sprach weiter, und auf einmal begann die Glaskugel auf dem Tisch zu brummen und wie irre zu leuchten und zu blitzen. Dann veränderte sich das Licht im Innern der Kugel, und man konnte wie in einem runden Fernseher etwas erkennen: eine Landschaft, riesige Berge, nein Vulkane …

Dann ertönte ein lautes Krachen und ein heller Punkt raste aus der Kugel genau auf uns zu. Mit ungeheurer Geschwindigkeit. Er wurde größer, kam immer näher und auf einmal waren wir drei von gleißend hellem Licht umschlossen.

Seltsame Musik ertönte. Es klirrte, als ob Kristall zerbrach, dann gab es einen lauten Knall – und danach war alles still.

DIE ANKUNFT IN DER ANDEREN WELT

Um uns herum war nun nur noch Dunkelheit. Ich war starr vor Entsetzen. Erkennen konnte ich aber, dass Meck und Bea noch bei mir waren. Sie schwebten neben mir im Nichts und waren von einem bläulichen Schimmer umgeben. Meck sah mich mit angsterfüllten Augen an, sein Bauch wogte auf und ab. Er bewegte den Mund. Aber ich konnte nichts hören. Bea starrte nur ungläubig in die Gegend. Sie war verdammt blass geworden. Dann zischte es plötzlich, immer lauter, und – *wumm!* – mit einem weiteren Knall purzelten wir auf eine Wiese und lagen völlig verdattert in sehr weichem Gras.

Als wir uns etwas berappelt hatten, standen wir auf und erblickten das Seltsamste, das wir je in unserem Leben gesehen hatten.

Wir befanden uns in einem sonderbaren Zwielicht auf einer weiten, von Gras bewachsenen Ebene, größer als hundert Fußballfelder. Es schien Nacht zu sein. Der Boden unter unseren Füßen vibrierte seltsam, als ob tief unter der Erde ein gewaltiges Kraftwerk arbeitete.

Meck schaute nach oben. „Da, seht ...!“, stammelte er und zeigte mit seinem Finger in den Himmel.

Dort stand groß und gelb der Mond. Na ja, so etwas Ähnliches wie der Mond. Denn die große, helle Kugel hatte ein Gesicht wie ein Totenschädel.

„Prost Mahlzeit“, flüsterte Meck und drängte sich an mich. „Ich glaube, wir haben da ein winziges Problem ...“

„Was hat die Alte mit uns gemacht?“, unterbrach ihn Bea. Sie zitterte und blickte sich ängstlich um. „Wo zum Teufel sind wir? Das hier gibt’s doch alles nicht. Sie muss uns hypnotisiert haben oder so was.“

„Guck dir bloß mal die Sterne an“, flüsterte ich.

Die waren tatsächlich noch seltsamer als der Totenkopf-Mond. Sie leuchteten mal grün, mal blau und änderten dauernd wie riesige Flugzeuge ihre Position. „Flitze-Sterne“, bemerkte Meck. Es sollte wohl witzig sein, aber an seiner Stimme konnte ich erkennen, dass er sich – wie wir alle – ziemlich unwohl fühlte.

In der Ferne ragten Vulkane in die Dunkelheit. Gelber, leuchtender Rauch stieg aus ihren Kratern und ab und zu ließen sie ein dumpfes Grollen ertönen. Aber das war nicht das einzige Geräusch. Immer wieder ertönte ein seltsames Wispern. Als ob unsichtbare Wesen um uns herumflögen. In ein paar Metern Entfernung erkannten wir auch Bäume. Doch sie sahen überaus merkwürdig aus, denn ihre Wurzeln ragten in den Himmel und ihre Kronen steckten mitsamt den Ästen und Blättern halb in der Erde. Und auf den knorrigen Wurzeln hockten kleine rosafarbene Affen mit drei Augen und musterten uns misstrauisch.

„Madame Malus hat uns offenbar direkt in die Hölle gebeamt“, flüsterte Meck leise und drängte sich wieder mit seiner mächtigen Wampe an mich. Das erschien mir allerdings so vertraut, dass ich mir nur schwer vorstellen konnte, unter Hypnose zu stehen.

Wir hockten uns auf den Boden und machten erst mal eine Lagebesprechung. Fakt war, dass wir eine Frau beleidigt hatten, die offenbar in Sachen schwarze Magie wider Erwarten eine Menge draufhatte. Sie hatte uns irgendwo hingehext, um uns zu bestrafen. Wir erinnerten uns, dass sie gefaucht hatte, uns „eine Lektion“ erteilen zu wollen.

„Wir müssen die Alte also irgendwie besänftigen“, meinte Meck.

Bea schlug vor, dass wir gemeinsam „Entschuldigung, Madame Malus!“ rufen sollten. Und das taten wir dann auch. Aber nichts geschah, und irgendwann kamen wir uns blöd vor, einfach so „Entschuldigung, Madame Malus!“ in den Himmel zu grölen.

Schließlich schwiegen wir und beobachteten die faszinierende Landschaft um uns herum. Das Wispern, so stellten wir fest, stammte von Fledermäusen, die auf dem Rücken flogen und tatsächlich miteinander sprachen. Wenn man genau hinhörte, konnte man sogar verstehen, was sie sagten.

„Schau mal, Menschen“, raunte die eine.

„Die gucken aber komisch“, erwiderte eine andere.

„Sie sehen lecker aus“, ergänzte eine dritte.

Aber sie vermieden peinlichst jede Berührung mit uns.

Schließlich raffte ich mich auf und sagte: „Leute, was soll's? Wir können hier nicht nur rumstehen. Madame Malus holt uns ganz offensichtlich nicht zurück. Lasst uns losgehen und sehen, was Sache ist. Wir sind hier reingekommen, also muss es auch einen Weg hinaus geben.“

Es klang jedoch mutiger, als mir zumute war. Hätte ich damals gewusst, was für eine unglaubliche Reise uns noch bevorstand, wäre ich wohl auf der Stelle tot umgefallen.

„Und wo sollen wir bitteschön hingehen?“, fragte Meck. „Wollen wir uns in die Vulkane stürzen? Sollen uns die rosa Affen fressen oder ist es euch lieber, wenn uns die Fledermäuse aussaugen?“

„Dann willst du also einfach hier stehen bleiben, oder was?“, knurrte Bea und knuffte ihn in die Seite. „Till hat Recht. Lasst uns losgehen! Irgendetwas wird es in dieser durchgeknallten Gegend ja wohl zu entdecken geben.“

„Ich meine ja bloß, dass wir in Ruhe ...“

„Halt!“, unterbrach ich Meck. „Da hat etwas geblinkt. Bei dem großen Vulkan da vorn.“

Jetzt sahen es auch die andern. Ein Licht, wie von einem Leuchtturm, huschte in regelmäßigen Abständen durch die Dunkelheit. Wir schauten uns an und marschierten dann ohne ein weiteres Wort los in Richtung des seltsamen Lichts.

Minuten vergingen. Die Landschaft veränderte sich kaum. Doch auf einmal war das Gras zu unseren Füßen verschwunden, und der Boden war voller Sand, der im Mondlicht leuchtete, als ob er aus Millionen kleiner Juwelen bestehen würde.

Plötzlich sprang Meck mit einem Schrei einen Schritt zurück. „Da, da, da!", rief er und zeigte auf die Stelle, wo er gerade noch gestanden hatte.

Wir sahen hin, und langsam erkannten wir im Zwielicht ein kleines Wesen, das dort hockte und uns mit großen Augen anschaute. Es sah aus wie ein Eichhörnchen, hatte jedoch grünes Fell, zwei spitze Reißzähne und ziemlich große Krallen.

„Was ist das?", fragte Meck leise.

„Hab ich AUSKUNFT auf meinem Pullover stehen oder was?", flüsterte Bea, nahm aber den Blick nicht von dem seltsamen Wesen.

Das kleine Tier sah uns an und sagte mit piepsender Stimme: „Kriege ich eine Nuss?"

„Es kann sprechen", bemerkte ich überflüssigerweise.

„Klar kann ich sprechen", sagte das Eichhörnchen. „Habt ihr eine Nuss?"

„Nein", antwortete ich. „Wer bist du und wo sind wir?"

„Ich bin ich und ihr seid hier", sagte das Eichhörnchen.

„Hast du keinen Namen?“

„Doch, ich heiße Stribbi und bin ein Vampirhörnchen. Ich ernähre mich von Nüssen. Ich beiße ihnen in den Hals und sauge sie aus.“

„Wie soll das denn gehen?“, fragte ich. „Nüsse haben weder einen Hals noch kann man aus ihnen etwas raussaugen.“

„Du bist gemein!“, jammerte Stribbi und hielt sich die Pfoten vors Gesicht.

„Sag mal, Stribbi“, fragte Bea, „hast du denn schon mal eine Nuss gesehen?“

„Nein, noch nie“, piepste Stribbi hinter seinen Pfoten hervor.

„Und woher weißt du, dass es sie gibt?“

„Das hat mir Lücke erzählt.“

„Wer ist das denn?“

„Ein Vampir ohne Zähne. Die hat er bei einer Prügelei mit einem Troll verloren. Und deshalb hat er

später, als er mal eine Zeit lang unter den Menschen wohnte, immer Blutkonserven geklaut oder Rote Bete gegessen. Er hat mir gesagt, dass es das Schönste für einen Vampir ist, Nüsse auszusaugen. Superlecker! Und die gibt es bei den Menschen, sagt er. Und ihr seid doch Menschen, oder? Hier esse ich bloß immer das Blutkraut, das unten im Sumpf wächst."

„Ach so", sagte ich und beugte mich zu Stribbi hinunter. „Ich glaube, Lücke hat dich ein bisschen reingelegt. Aber tröste dich: Nüsse sind lecker, und auf der Erde essen sie alle Tiere, die aussehen wie du."

„Ehrlich?", piepste Stribbi und nahm die Pfoten herunter. „Hast du eine Nuss?"

„Nicht hier, aber ich versuche, dir irgendwann eine zu besorgen, versprochen."

„Dann bleib ich bei euch", sagte Stribbi und sprang auf meine Schulter.

„Aber erst mal musst du uns helfen. Kannst du uns sagen, wo wir hier sind?"

„In der Ödnis vor dem Eingang. Und der Eingang ist da." Er zeigte auf das flackernde Licht.

„Eingang? Wo hinein führt denn dieser Eingang?“, fragte Meck.

„Na, mitten rein“, meinte Stribbi. „Ist doch klar.“

„Ich glaube, so hat das keinen Zweck“, mischte sich Bea ein. „Lasst uns einfach weitergehen.“

Und weil keiner von uns eine bessere Idee hatte, taten wir das auch.

DIE STADT HINTER DER MAUER

Nach einem Fußmarsch von etwa zehn Minuten konnten wir erkennen, dass das Licht von einem großen, steinernen Torbogen kam. An seinem höchsten Punkt blinkte so etwas wie eine Lampe. Aber es war eine große Fackel, deren Feuer wie von Zauberhand immer wieder an- und ausging.

Wir marschierten weiter auf die Fackel zu. Auf einmal blieb Meck stehen. „Hört ihr das?"

„Was denn?", fragte Bea. Dann stutzte sie. „Ja, jetzt höre ich es auch."

Ein sonderbares Sirren kam direkt aus der Erde.

„Das kommt aus dem Sand", meinte Meck trocken. „Der quasselt."

Stribbi auf meiner Schulter wurde unruhig. „Schneller!", fiepte er. „Ich will rein in die Stadt."

„Aber warum denn?“, fragte Bea.

„Darum.“

Wir gingen schneller und bald standen wir auch schon vor dem gigantischen Tor. Erst jetzt bemerkten wir die etwa drei Meter hohe schwarze Mauer, die sich links und rechts des Tores erstreckte und deren Ende man nicht erkennen konnte. Sie verlor sich zu beiden Seiten irgendwo im Zwielicht.

„Ich glaube, wir müssen da durch“, flüsterte Bea. „Aber warum ist hier diese Mauer? Das Tor steht weit offen und ich sehe niemanden, der uns aufhalten könnte.“

„Bin ich niemand?“, ertönte daraufhin eine dunkle, laute Stimme aus dem Nichts.

Wir zuckten vor Schreck zusammen und klammerten uns aneinander.

„Ich glaube“, murmelte Meck, „ich glaube, wir haben ...“

„... ein klitzekleines Problem“, ergänzte die dunkle Stimme. Dann begann die Luft um uns herum zu vibrieren und mitten im Tor erschien ein Monstrum. Wir trauten unseren Augen nicht – es war eine riesige

Eidechse. Bestimmt so groß wie ein Auto. Sie blickte uns aus tellergroßen Augen an und am Ende ihrer ständig hin- und herzuckenden Zunge hing eine Art Messer.

Die Eidechse öffnete das Maul und sprach: „Ja, ihr habt ein Problem. Ihr seid nicht angemeldet. Woran seid ihr gestorben und warum weiß ich nicht Bescheid, dass drei Hosenscheißer-Geister kommen? Häh? Immerhin bin ich der Wächter! Zumindest diese Woche."

„Gestorben?", fragte ich. „Was soll das heißen?"

„Na, genau das, was ich sage. Wie ist es mit euch zu Ende gegangen? Ertrunken? Vergiftet? Tot gekitzelt? Oder was? Irgend so etwas muss es ja sein. Ihr seht nicht so aus, als ob ihr unter eine Lokomotive geraten seid. Ist ja alles noch dran bei euch."

„Ich glaube, mir wird schlecht", stöhnte Bea.

Meck wurde kreidebleich. „Heißt das … dass wir … ich meine … sind wir etwa …"

„Mein Gott", unterbrach ihn Bea, „wir sind tot! Die Hexe hat uns umgebracht."

Ich sah, wie ihr die Tränen kamen.

Mir war ebenfalls zum Heulen zumute. Doch auf einmal wurde mir bewusst, dass ich vor Angst wahnsinniges Herzklopfen hatte.

Mein Herz! Es schlug noch! Ich konnte nicht tot sein.

„Da, fühl mal!" Ich nahm Beas Hand und presste sie auf meinen Brustkorb. „Hast du schon mal von einem Toten gehört, der solches Herzklopfen hat?"

Bea sah mich erleichtert an.

„Und außerdem atmen wir, ihr Klotzköppe!", rief Meck, der schon wieder ganz der Alte war. „Seht mal, wie sich mein muskulöser Brustkorb hebt und senkt wie eine mächtige Maschine."

„Herr ... äh ... Wächter", sprach ich nun die Eidechse an. „Wir sind nicht tot."

„Nicht tot?" Die Eidechse sah verblüfft aus. „Wie, was, wo, wer, warum? Das kann nicht sein. Ihr seid nicht tot? Ich glaub, ich falle gleich lebend um. Ich muss Verstärkung holen."

Dann drehte sich der Wächter um und verschwand in der Dunkelheit hinter dem Tor.

„Stribbi“, sagte ich und hob das Vampirhörnchen sanft von meiner Schulter. „Wer war das?“

„Einer der Wächter“, antwortete er. „Und jetzt holt er den Schirmherren.“

„Wen?“, fragten wir alle drei fast gleichzeitig.

„Den da“, sagte Stribbi und deutete auf das Tor.

Und da stand er. Ein spindeldürrer, großer Mann mit einem schwarzen Zylinder und einem riesigen, aufgespannten Schirm, der so groß war wie eine Zirkusmanege. Und dieser Schirm flimmerte und flackerte und oben drauf hockten kleine, sonderbare Frösche mit glühenden Augen. Dahinter lauerte mit hängender Zunge der Wächter.

„Ich bin der Schirmherr", sagte der Mann mit tiefer Stimme. „Der Wächter sagt, ihr lebt. Stimmt das?"

„Ja", antwortete ich. „Wir ..."

„Still!", donnerte der Schirmherr. „Wie kommt ihr hier lebend rein? Die Wahrheit – los, sofort! Oder soll ich die Frösche auf euch hetzen?"

Die Frösche hüpften wie auf Kommando auf und ab und rülpsten. Ihre Augen leuchteten und sie entblößten kleine, spitze Zahnreihen in ihren Mäulern.

„Ich glaube", flüsterte Meck, „wir haben wohl eher ein recht großes ..."

„Ich will Antworten!", donnerte der Schirmherr.

„Also ...", begann ich mit zaghafter Stimme. Und dann erzählte ich ihm alles von Madame Malus, dem Zelt, der Kugel und so weiter.

Als ich fertig war, schwieg der Schirmherr lange. Dann nickte er mit seinem seltsamen Kopf und murmelte: „Madame Malus? Da war doch was. Moment ... Moment."

„Elender Dummkopf!", brüllte da plötzlich eine Stimme. Aus dem Tor trat eine Frau mit einem noch größeren Schirm, auf dem keine Frösche, sondern kleine gelbe Hamster mit roten Helmen und winzigen Äxten in den Pfoten hockten. Die Frau ging mit energischen Schritten auf den Schirmherren zu, hob einen Arm und knuffte ihn in die Seite.

„Typisch, dass es dir wieder nicht einfällt, Mann!", schrie sie. „Ich habe zugehört und ich erinnere mich sehr wohl an Madame Malus. Eine unverschämte Person und mächtige Hexe, die aus irgendwelchen Gründen Spaß daran hat, unter Menschen zu leben. Ist schon lange verschwunden. Sie ist eine der wenigen von uns, die die Grenze nach Belieben überqueren können. Na, dämmert es jetzt?"

Der Schirmherr kratzte sich verlegen am Kopf. „Ach ja, diese Dingsda, wie hieß sie doch gleich?"

„*Malus*. Madame Malus. Du hast ein Gedächtnis

wie ein rostiges Sieb, werter Gatte", fuhr die Schirmherrin erbost fort. „Du selbst hast sie schon mehrfach abgemahnt, nicht immer so lange drüben zu bleiben. Sie ist schon eine ganze Zeit überfällig. Es passt zu Madame, dass sie – statt gefälligst selbst zu erscheinen – diese Kinder hierhergezaubert hat. Aber jetzt sind sie nun mal da. Also, mach keinen Ärger und lass die Gören rein. Außerdem ist es schon spät. Hörst du denn nicht den Sand sprechen?"

„Wenn du meinst, Schirmherrin", antwortete der Schirmherr zerknirscht und winkte uns herbei. „Kommt rein, ihr kleinen Scheißer. Und du, Wächter, schließ das Tor!"

Wir zögerten, aber schließlich gingen wir langsam an den beiden Schirmträgern vorbei und schritten durch das Tor hindurch.

„Und wann krieg ich meine Nuss?", fragte Stribbi und zupfte an meinem Ohr.

Kaum waren wir durch das Tor geschritten, blieben wir mit offenem Mund stehen.

An den sanft ansteigenden Hängen des großen Vulkans klebten Hunderte von äußerst seltsamen

Häusern. Einige groß, andere klitzeklein. Einige halb in der Erde steckend, andere wiederum auf der Seite liegend. Die Gebäude waren größtenteils schief und krumm, hatten runde, spitze, unregelmäßige oder überhaupt keine Dächer oder glichen großen Mülltonnen oder steinernen Hundehütten. Kein Haus war wie das andere, aber alle hatten eines gemeinsam: Es brannte Licht in den Fenstern und jede Menge sonderbare Geräusche drangen aus ihnen heraus. Direkt vor uns ertönte ein unheimliches Heulen, das uns vor Schreck erstarren ließ. Als es wieder vorbei war, hörten wir aus den anderen Gebäuden Singen, Fluchen, Lachen, Grunzen, Rülpsen oder andere Laute, die wir nicht genau identifizieren konnten.

„Das ist …“, stammelte Meck, „das ist … absolut unglaublich.“

„Was zum Teufel ist das?“, fragte Bea.

„Der Teufel wohnt woanders“, sagte die Schirmherrin. Dann klappten sie und ihr Mann plötzlich die Schirme zusammen, sodass die Frösche und Hamster unter lautem Geschrei zu Boden stürzten. Dort sammelten sie sich schnell in zwei Gruppen und verschwanden trippelnd in zwei großen Löchern, die offenbar direkt in die Erde hinabführten.

„Amüsiert euch gut in der Geisterstadt!", sagte die Schirmherrin zu uns. „Und macht euch keine Sorgen wegen der Bewohner. Gewöhnlich sind sie harmlos, wenn man sie nicht reizt." Dann hakte sie sich bei ihrem Mann unter und die beiden verschwanden ohne ein weiteres Wort in einem der Häuser.

Wir starrten uns ratlos an. Jetzt waren wir genauso klug wie vorher.

„Na, prima", meinte Meck. „Erst lässt sie uns rein und dann lässt sie uns stehen. Könnte uns nicht irgendjemand mal was vernünftig erklären?"

„Geisterstadt?", wiederholte Bea. „Hat sie Geisterstadt gesagt? Was um Himmels willen soll denn das bedeuten?"

Dann ertönte das Heulen aus dem Haus in der Nähe wieder.

„Jauuuuuuuuu!"

„Ich denke, das bedeutet genau das, was sie gesagt hat", flüsterte Meck. „Wir sind inmitten von Monstern und Geistern, weil wir eine Hexe beleidigt haben.

Wir haben ein mächtiges, supergroßes, elefantöses Problem, Leute."

„Jauuuuuuuuu!", ertönte es wieder, als ob jemand Meck zustimmen wollte.

„Meine Güte, ist das unheimlich", sagte ich. „Ich glaube, wir gehen besser ein Stück weiter. Vielleicht wohnen woanders Leute mit weniger gruseligen Stimmen."

Die anderen nickten stumm und so gingen wir zögernd und vorsichtig auf einer krummen, löchrigen Straße weiter hinein in die Geisterstadt.

UNTERWEGS IN DER GEISTERSTADT

Wir hielten beim Gehen die Köpfe leicht gesenkt und vermieden den direkten Blick durch die Fenster ins hell erleuchtete Innere der Häuser, denn das bisschen, was wir sehen konnten, wirkte nicht vertrauenerweckend. Oder hätten wir beim Anblick von Pranken, Klauen, dichtem Fell und riesigen Zähnen etwa keine Angst haben sollen?

Aber keines der Wesen schien Notiz von uns zu nehmen. Sie tobten, grölten, grunzten und murmelten in ihren Behausungen herum, als ob wir gar nicht existieren würden.

„Sag mal, Stribbi“, sagte ich nach einiger Zeit und nahm das Eichhörnchen von meiner Schulter. „Kennst du irgendjemanden, der uns etwas über diese Stadt erklären kann?“

„Da müsst ihr zum Red-Dach gehen. Das quasselt den ganzen Tag."

„Ein Reet-Dach?", fragte ich. „So ein mit Stroh gedecktes Dach wie in Friesland?"

„Nix Stroh", antwortete Stribbi. „Das Dach redet. Deshalb heißt es Red-Dach."

„Und wo finden wir das?", fragte ich.

„Na, da vorn!" Stribbi zeigte auf ein kleines Haus, das aussah wie ein Fliegenpilz. Das Dach war rot und groß und hing fast bis zum Boden herab. Wir gingen näher – und dann hörten wir es. Eine Stimme, die direkt aus dem Dach zu kommen schien, sprach in unglaublich schnellem Tempo: „Ich bin das Red-Dach. Ich kann meine Schnauze nicht halten. Frag, was du willst! Ich antworte immer. Falsch? Richtig? Wer weiß das schon? Hauptsache, ich kann quasseln. Ich muss reden, erzählen, diskutieren, jemanden vollquatschen, labern, sülzen, pumpen, orakeln, drohen, bitten, betteln, moderieren, Hauptsache, quasseln und das die ganze Zeit. Ich …"

Die Stimme stockte. „Oh", fuhr sie fort, „da kommen Leute. Ich spüre Neugier und Unwissen. Fragt, was ihr wollt!“

„Kannst du uns sagen, wer in den Häusern hier wohnt?“, fragte Bea.

„Geister und Gespenster“, antwortete das Red-Dach. „Und natürlich Werwölfe, Vampire, Mumien, Gnome, Trolle, Zwerge, Wichtel, Feen, Zentauren, Einhörner, eben alle Angehörigen des Verborgenen Volkes.“

„Was ist das für ein Volk?“, fragte ich.

„Nun“, antwortete das Red-Dach. „Das ist ganz einfach. Erinnere dich an alles, was du irgendwann mal über angebliche Fantasiewesen gehört oder gelesen hast. In Märchen, Legenden, Gruselfilmen, Spukgeschichten und so weiter. Und *zack!*, da hast du sie – die Angehörigen des Verborgenen Volkes. All diese Wesen, so heißt es, hätten sich fantasievolle Menschen ausgedacht. Aber das ist nicht so. Ihr Menschen habt uns wirklich gesehen. Irgendwann im Laufe eurer Geschichte. Denn manchmal gibt es Risse zwischen der Welt, die du kennst, und unserer hier. Und dann schlüpfen einige unserer Leute einfach mal rüber zu euch. Und in den letzten Jahrtausenden ist von fast jeder Art, die hier lebt, irgendeiner schon mal bei euch gewesen. Die Menschen haben sich uns also nicht ausgedacht, sondern sie sind uns irgendwann mal aus Versehen begegnet und haben sich gegenseitig von uns erzählt. Und daraus sind dann all die Mythen und Sagen und Märchen entstanden, die ihr kennt. Einige sind allerdings völliger Quatsch. Werwölfe zum Beispiel sind zwar laut und ungehobelt, aber letztendlich völlig harmlos. Sie rütteln einen vielleicht mal durch und manchmal gibt's auch einen Arschtritt – aber sie fressen doch keine Menschen. Also so was!"

Das Red-Dach schwieg, als ob es so viel Dummheit gar nicht fassen könne. Doch das Schweigen hielt nicht länger als zwei Sekunden an.

„Wo war ich stehen geblieben? Ach, herrlich, diese Chance, mal drei Menschen so richtig vollzulabern! Ich kann einfach meine Schnauze nicht halten. Und ich will's auch nicht. Ich muss einfach quasseln. Äh, Moment … ach ja – ich erzählte gerade, wer hier alles wohnt. Tiere haben wir hier auch. Zum Beispiel die blöden dreiäugigen Affen, Vampirhörnchen wie das auf deiner Schulter und so weiter und so fort. Hab keine Lust, hier jeden Gicht-Floh und Killer-Hamster aufzuzählen. Ja, und dann haben wir hier natürlich all die Geister und Gespenster. Der Unterschied zwischen beiden ist klar wie unsichtbare Kloßbrühe: Gespenster sind flüchtige, nebelartige, eher formlose Wesen, und Geister sind Gestalten, die immer noch ihre frühere menschliche Gestalt haben. Na ja, mehr oder weniger. Einige wurden etwas seltsam wie der Schirmherr und ..."

„Moment", unterbrach ich das Red-Dach. „Werden denn alle toten Menschen zu Geistern und Gespenstern?"

„Aber nein, ach, du gute Güte, dann wär hier vielleicht was los! Normale Tote schlafen im Meer der Ruhe, eingehüllt in die schönen Erinnerungen aus ihrem Leben. Die Geister und Gespenster aber sind besondere Menschen, die auf der Erde nach ihrem Tod keine Ruhe fanden. Gute und böse Menschen. Meistens haben sie es zu Lebzeiten nicht mehr geschafft, irgendetwas sehr Wichtiges zu erledigen, und

deshalb irrten sie durch die Dimensionen und sind schließlich alle hier gelandet. Man ist unter seinesgleichen eben nicht so einsam."

„Und was bist du?", fragte Bea.

„Ich bin ein Gespenst. Fast unsichtbar. Deshalb wohne ich hier in diesem Dach. Darf ich mich vorstellen? Ich trug den guten, norddeutschen Namen Jan Jepsen. Als Mensch war ich ein Talkmaster. Das kennt ihr doch, oder? So einer, der jeden Tag mit Leuten über irgendwelches Zeug im Fernsehen redet. Meine Sendung hieß *Schön schnacken bei Jepsen*. War super erfolgreich. Zu erfolgreich! Ich bin von einem meiner Konkurrenten umgebracht worden. Erspart mir Einzelheiten. Seitdem bin ich ein ruhe- und körperloser Geist. Aber wartet, bis ich einmal einen Riss in Richtung Erde finde. Dem werde ich … na ja … also, dem werde ich was erzählen."

Das Red-Dach schwieg.

„Liebes … äh … Dach“, sagte Bea in die kurze Pause hinein. „Hast du den Hauch einer Ahnung, wie wir als lebende Menschen hierhergekommen sein könnten? Und hast du jemals etwas von Madame Malus gehört?“

„Kenn ich nicht, diese Frau“, antwortete das Red-Dach. „Den Namen hab ich wohl schon mal gehört, aber in meiner Show war sie noch nicht. Never! Und ich habe null Ahnung, keinen Schimmer, wie ihr drei hierhergekommen sein könntet. Aber – und das muss ich betonen – ihr seid wunderbare Gäste! Ganz wunderbar. Applaus, meine Damen und Herren, für diese wunderbaren Gäste! Extra aus der Welt der Lebenden sind sie gekommen – in meine Show. Ist das nicht suuuuuper?“

„Leute, ich glaube, dieses Dach ist nicht ganz dicht“, flüsterte ich meinen Freunden zu. „Lasst uns abhauen und sehen, ob wir woanders mehr rauskriegen können.“

Das Red-Dach schien nichts gehört zu haben. Es sabbelte unverdrossen weiter: „Solche tollen Gäste habe ich nicht mehr gehabt, seit Klaus Störtebeker und Prinzessin Hatschepsut bei mir zu Gast waren. Sie waren so wunderbare …"

„Moment", unterbrach Meck das Red-Dach. „Hast du gerade Klaus Störtebeker gesagt?"

„Hab ich, you're right, man!", antwortete das Dach. „What a nice guy, the lovely Klaus."

„Jetzt quatscht es auch noch englisch", stöhnte Bea.

Aber Meck war ganz aufgeregt. „Klaus Störtebeker kenne ich!", rief er.

„Was? Du kennst einen Geist, der hier wohnt?", fragte ich. „Hast du jetzt auch einen an der Waffel, oder wie?"

„Ja, ich meine nein, also ich kenne ihn natürlich nicht persönlich. Aber ich habe gerade zu Hause ein Buch über ihn gelesen. Klaus Störtebeker war ein berühmter Pirat, der schließlich im Hamburger Hafen geköpft wurde."

„Also hat er im wahrsten Sinne des Wortes den Kopf verloren", meinte Bea trocken.

„Aber versteht ihr denn nicht?“, rief Meck. „Falls wir es hier tatsächlich mit Geistern und so was zu tun haben, dann wäre Störtebeker zumindest jemand, über den ich eine Menge weiß. Vielleicht gefällt ihm das und er hilft uns weiter. Jeder ist geschmeichelt, wenn man sein Leben und seine Taten rühmt. Irgendwas müssen wir ja tun, oder etwa nicht?“

„Ist zwar eine bescheuerte Idee, aber besser als gar nix“, erwiderte ich. „Sag mal, Red-Dach, weißt du vielleicht, wo wir diesen Störtebeker finden?“

„Klaro, der wohnt zusammen mit ein paar Geistern drüben in einem großen Haus in der Jenseits-Allee. Doch lasst mich lieber noch mal detailliert beschreiben, wie ich damals als Mensch in der legendären Jan-Jepsen-Show …“

„Entschuldige, liebes Dach“, sagte ich. „Wir haben es leider sehr eilig. Kannst du uns bitte den Weg in die Jenseits-Allee beschreiben?“

„Beschreiben?“, schrie das Red-Dach. „Beschreiben? Ich werde euch den Weg in allen, auch den kleinsten und unwichtigsten Einzelheiten erklären, und zwar Zentimeter für Zentimeter. Denn ich kann meine Schnauze nicht halten. Ich bin das Red-Dach, und ich muss, ich will, ich werde quasseln, bis der Teufel mir persönlich das Maul stopft. Also ...“

Aber wir hörten schon nicht mehr zu, denn Stribbi hatte mir gerade leise ins Ohr geflüstert, dass er den Weg in die Jenseits-Allee gut kannte und ihn uns für eine große, blutige Nuss auch zeigen würde. Schließlich wohne dort ein alter Kumpel von ihm – ein kleiner Hund, der nach seinem Tod zu einem Werpudel geworden sei.

Also ließen wir das Red-Dach quasseln und vertrauten uns nun Stribbis Führung durch die dunkle, unheimliche Stadt an.

DIE GEISTERWOHNGEMEINSCHAFT

Wir passierten die seltsamsten Häuser, hörten die merkwürdigsten Geräusche, rochen die fremdartigsten Gerüche. Ab und zu kam uns jemand entgegen. Einmal war es eine Art Klumpen mit zwei kleinen Beinen und einem dicken, behaarten Kopf. In seinen kurzen, kräftigen Armen trug das Wesen eine Axt und einen Topf, aus dem grüner Rauch quoll.

„Ein Gnom", flüsterte Stribbi. „Am besten nicht beachten. Die können sehr unfreundlich werden."

Wir blickten starr geradeaus, als der Gnom keuchend und stinkend an uns vorbeischlurfte.

Wenig später galoppierte ein Pferd mit dem Oberkörper eines Menschen an uns vorbei. Es war ein Zentaur, wie Stribbi erklärte, und diese Mischwesen aus Mensch und Pferd hätten es immer sehr eilig, seien aber harmlos. Danach kamen wir an einem drahtigen, kleinen Wesen mit zwei Köpfen vorbei, das auf dem Boden am Wegesrand kauerte und vor sich eine Art Flohmarktstand mit kleinen Töpfen und Schmuck aus Knochen aufgebaut hatte.

Der eine Kopf rief: „Gestatten: Hüssen und Trey, die freundlichsten Händler in der Kernstadt."

Der andere Kopf allerdings schrie dazwischen: „Sehr richtig: Hüssen und Trey. Aber ich hasse meine Kunden, weil sie alle keine Ahnung haben, was gut ist. Und ihr seid auch Arschgeigen!"

Anschließend wandten sich beide Köpfe zornesrot einander zu und pöbelten sich laut und in einem unverständlichen Kauderwelsch an.

„Sie machen nicht viele Geschäfte …", meinte Stribbi lediglich, und wir gingen grinsend weiter.

Nach einer halben Stunde, in der wir noch einem freundlichen Zwerg mit einem zwei Meter langen Bart, einer Kröte mit Menschengesicht und einer schwebenden Salatgurke begegneten, standen wir schließlich vor einem großen Haus. Es hatte zwei Stockwerke, einen Balkon und stand direkt an einem

Fluss. Und das Tollste war, dass in diesem Fluss ein riesiges, altes Segelschiff mit vier Masten vor Anker lag. Am vorderen Mast flatterte eine Totenkopf-Flagge.

„Mann“, staunte Meck, „ein waschechtes Piratenschiff!“

„Hier wohnen Störti und die anderen“, sagte Stribbi. „Krieg ich jetzt meine Nuss?“

„Später“, antwortete ich und las das Schild, das mitten an der Haustür prangte. Darauf stand:

Hier wohnen
Klaus Störtebeker, Pirat a. D.
Hatschepsut, Prinzessin von Ägypten
Blickdicht, der wandelnde Nebel
Weingeist (Prost!)
Knochen-Harry
und
Lücke, Herrscher der Finsternis.
Dreimal klopfen.
Wer Werbung einwirft,
wird kaltgemacht.
Füße abtreten.

„Sollen wir klopfen?“, fragte Meck. Wir zuckten nur mit den Schultern. Deswegen waren wir ja schließlich hergekommen.

„Los, Mann, bring's hinter dich“, sagte ich.

Also hob Meck die Hand und klopfte mit seiner Faust dreimal gegen das massive Holz.

Sekunden später flog die Tür auf. Ein Mann von gewaltiger Größe stand vor uns. Ein riesiger Hut mit einer langen Feder saß auf seinem wilden, schwarzen Haar. Der Mann trug ein weites weißes Hemd, gestreifte Hosen und schwere Stulpenstiefel an den Füßen. An seinem breiten Gürtel baumelten ein Säbel und eine Pistole.

„Was wollt ihr Hosenscheißer denn?“, fragte er mit donnernder Stimme.

Meck holte tief Luft und sagte dann: „Sie sind ganz offensichtlich Klaus Störtebeker, der legendäre Pirat, größter seiner Zunft. Sie beherrschten Nord- und Ostsee und wurden zu meinem größten Bedauern am 20. Oktober 1401 im Hamburger Hafen geköpft. Ich bin ein großer Bewunderer von Ihnen. Ich habe gerade ein Buch über Sie gelesen.“

„Ein Buch?“ Störtebeker schien geschmeichelt zu sein. „Über mich?“

„Genau!“, rief Meck. „235 Seiten dick. Meine beiden Freunde hier sind auch schon ganz wild drauf, es zu lesen.“

„Kann's kaum abwarten“, bestätigte ich.

„Bin voll gespannt, mehr über Sie zu erfahren, Herr Dörtebeker“, ergänzte auch Bea.

„Störtebeker, du Träne!“, zischte ich.

„Vorausgesetzt, wir kommen aus dieser Stadt wieder raus“, schob Meck noch mit treuherzigem Augenaufschlag hinterher.

„Beim Barte des Neptun!“, brüllte der Mann nun in das Zimmer hinter sich hinein. „Habt ihr das gehört, ihr da drinnen? Es gibt ein verdammtes Buch über mich. Mehrere Tausend Seiten dick!“

Dann trat er einen Schritt vor, streckte seine riesige Pranke aus und sagte: „Gestatten, du kleine Landratte. Ich bin in der Tat Klaus Störtebeker. Willkommen, mein Junge. Ihr könnt mich Störti nennen. Kommt rein, kommt rein. Ihr müsst die anderen kennenlernen.“

Dann drehte er sich um und stapfte zurück ins Haus. Wir warfen einen Blick hinein und uns stockte der Atem.

In einem großen Raum, der vollgestopft war mit alten Möbeln, Bildern, Glasvitrinen, einer Hängematte und riesigen Leuchtern, standen vier seltsame Gestalten. Und an der Decke schwebte eine Art Nebel in der Form einer menschlichen Gestalt.

Störtebeker deutete auf die erste Gestalt und sagte: „Das ist Hatschepsut, eine vor etwa dreitausend Jahren durch einen Giftmord verstorbene ägyptische Prinzessin. Sie ist die netteste Mumie, die ich kenne. Und weil ihr Name so kompliziert ist, nennen wir sie Margot, die Mumie."

Margot, die etwa zwei Meter groß und in Hunderte grauweißer Bandagen gewickelt war, hob einen ihrer Arme und sagte mit warmer, weicher Stimme: „Sehr erfreut. Es ist schön, euch kennenzulernen." Dann deutete sie mit ihrer eingewickelten Hand auf einen ungeheuer dicken Mann mit furchtbar weißer Haut. „Das", sagte sie, „ist der Weingeist."

Der dicke Mann hob beide Arme, rülpste und rief

mit undeutlicher Stimme: „Willkommen, meine Damen und Herren. Darauf trinken wir einen – oder auch zwölf! Und guckt nicht so doof! Habt ihr noch nie einen Geist gesehen, der einen im Kahn hat?“

„Weingeist, mäßige dich oder ich lasse dich trockenlegen!“, donnerte Störti. Er wandte sich uns zu und sagte: „Ihr müsst entschuldigen. Weingeist war Winzer und ist vor hundert Jahren von einem Konkurrenten in einem Weinfass ersäuft worden. Deshalb ist er auch als ruheloser Geist immer noch besoffen.“

„Und das da über uns“, sagte Margot und deutete auf den an der Decke schwebenden Nebel, „das ist Blickdicht. Ein Nebelgeist, der jede beliebige Gestalt annehmen kann. Wenn er schlechte Laune hat, fängt er an zu stinken. Und Blickdicht nennen wir ihn, weil er problemlos einen ganzen Raum so einnebeln kann, dass keine Flunder mehr was sieht. Was er als Mensch war, wissen wir nicht. Er spricht nicht, ist aber irgendwann einfach so zu uns gezogen. Er mag uns und wir mögen ihn.“

Wie zur Bestätigung wirbelte die Nebelgestalt ein

wenig herum und verformte sich dann zu einem großen, lachenden Gesicht.

„Und ich bin Lücke“, erklärte die nächste Gestalt. „Ein Vampir, aber meine Zähne …“

„Das hat uns Stribbi schon erzählt“, unterbrach ich ihn. „Tut mir leid – ich meine, die Sache mit der Prügelei. Wachsen die Zähne denn wirklich nicht nach?“

„Bedauerlicherweise nicht“, antwortete Lücke. „Aber ich komme auch ohne ganz gut zurecht. Das Blutkraut ist zwar etwas langweilig auf die Dauer, jedoch sehr nahrhaft, nicht wahr, Stribbi?“

„Und wann krieg ich meine Nuss?“, fragte daraufhin das kleine Vampirhörnchen.

Nun trat das Skelett einen Schritt vor, zog mit einem lauten *Plopp* einen seiner Knochenarme aus dem Schultergelenk, wedelte damit in der Luft herum und rief: „Und ich, werte Gäste, ich bin das einzige lebende Skelett hier. Man nennt mich Knochen-Harry und ich war mal Reiseleiter. Auf einer Reise durch Ägypten habe ich mich in der Wüste verlaufen und bin verdurstet. Deshalb habe ich so wenig – nun ja –

Fleisch auf den Knochen. Die Sonne und die Geier – ich glaube, genauer wollt ihr es bestimmt nicht wissen, oder?“

„Verschone uns bitte mit deinen Dörrfleisch-Opern, Knochen-Harry!“, rief Margot. Sie blickte uns forschend an. „Ihr drei seid ja ganz offensichtlich lebende Menschen. Wie seid ihr denn überhaupt hierhergekommen?“

Nun berichteten wir ausführlich von Madame Malus.

Hinterher sahen sich die Geister schulterzuckend an. Keiner von ihnen wusste Genaueres über die Hexe.

„Vielleicht müsst ihr rauf auf den Berg und den Studienrat fragen“, schlug Lücke vor.

„Wen?“, fragten wir wie im Chor.

„Das“, erklärte Lücke, „ist ein Lehrer, der sich an einer komplizierten Matheaufgabe totgerechnet hat. Ein ungeheuer belesener Mann. Er hat gleich nach seiner Ankunft angefangen, Fragen zu stellen und die Ältesten von uns ausgequetscht. ‚Ich muss alles wissen‘, rief er immer. ‚Kann ja sein, dass der Schulrat hier mal vorbeikommt.‘ Ist schon ein merkwürdiger Geist, der gute Studienrat. Aber niemand weiß mehr über uns alle als er.“

„Dann nix wie hin“, sagte ich. „Könnt ihr uns den Weg zeigen?“

„Aber ja, so wahr ich Klaus Störtebeker heiße. Doch erst will ich mehr über dieses Buch erfahren. Das ist meine Bedingung. Kommt ja nicht alle Tage vor, dass man erfährt, was nach dem Tod so über einen geschrieben wurde.“

„Vorher habe ich noch eine Frage“, sagte ich. „Wie heißt diese Stadt eigentlich? Wie nennt ihr eure ... äh ... Heimat?“

„Ganz einfach“, sagte Margot. „Wir nennen sie DIE ANDERE WELT. Was Besseres ist noch niemandem eingefallen.“

Und dann setzten wir uns hin und Meck erzählte dem immer begeisterter dreinschauenden Piraten und seinen Mitbewohnern alles über dessen angebliche und tatsächliche Raubzüge. Störti ergänzte, verbesserte und sonnte sich in seinem Ruhm als großer Pirat.

Es war schon sonderbar – da saßen wir mit Geistern, Gespenstern und zwei Vampiren zusammen und fühlten uns dennoch so, als ob es das Normalste auf der Welt wäre.

ESSEN MIT GEISTERN UND EIN FLÜCHTIGER BEKANNTER

Schließlich, mitten in einer Wahnsinnsgeschichte über einen Sturm, der Störtis Mannschaft beinahe komplett ersäuft hätte, ertönte plötzlich ein seltsames Knurren. Bea und ich fuhren vor Schreck zusammen und Störti griff blitzschnell zu seinem Säbel. Aber da stand Meck schon auf und sagte: „Entschuldigt bitte, das war ich. Beziehungsweise mein Magen. Ich habe einfach Hunger. Es tut mir leid."

„Aber nein", rief Störti. „Uns muss es leidtun. Ich sehe ja an deiner kleinen Wampe, dass du gern isst. Was sind wir nur für lausige Gastgeber. Man sollte uns mal an den Mast hängen und nach allen Regeln der Seemannskunst durchprügeln. Wir haben völlig vergessen, dass ihr ja Menschen seid. Ihr müsst essen. Natürlich. Also wirklich. Man sollte uns zwingen, vergammelten Schiffszwieback mit Rattenpopeln zu essen. Oder besser noch: Man sollte uns alle den Haien ..."

„Störti, jetzt sei doch mal still", unterbrach ihn Margot mit sanfter Stimme. „Wenn du weiterquasselst, kriegen die Kinder ja nie was zu essen. Lass uns lieber jemanden losschicken und was von den Trollen holen."

„Du hast Recht, Mädel", sagte Störti. „Ich quatsche zu viel. Man sollte mich ... oh, Entschuldigung. Gut, wer geht zu den Trollen?"

„Äh, Verzeihung", sagte Bea. „Ich habe zwar auch Hunger. Aber meint ihr, dass uns so ein Essen überhaupt schmecken wird? Ich habe gehört, dass Trolle etwas seltsam aussehen."

„Oh, da hab nur keine Angst", antwortete Margot. „Wir Geister und Gespenster essen zwar nicht. Aber die Monster, Ungeheuer, Zwerge, Zentauren und anderen tun es. Und sie alle lieben das Troll-Essen. Es soll von ausgezeichneter Qualität sein. Ich selber werde losgehen und welches besorgen. Bea, willst du mich begleiten?", fragte sie.

Und ohne jede Angst vor der unheimlichen Welt da draußen sagte Bea: „Ja, ich komm mit“, winkte uns zu und verließ mit der Mumie das Zimmer.

Blickdicht flutschte wie auf Kommando hinterher, und auch Stribbi hüpfte mit hinaus und rief: „Oh, Essen fassen! Jetzt krieg ich bestimmt meine Nuss. Eine große, blutige Nuss. Frisch und lecker.“

Wir anderen sahen Lücke mit verdrehten Augen an, weil er es ja gewesen war, der Stribbi von den angeblichen Blutnüssen erzählt hatte. Aber der Vampir zuckte nur zahnlos grinsend mit den Schultern.

Wenig später kamen Margot und Bea – natürlich ohne eine blutige Nuss – zurück, aber was sie ansonsten dabeihatten, entpuppte sich bald als sensationell.

Sie trugen ein paar Töpfe und Pfannen bei sich. Margot stellte alle auf eine Art Grill, legte ein kleines weißes Etwas darunter, das aussah wie Zucker, und rief: „Zünden!“ Mit einem Knall fing das Etwas an zu brennen und erzeugte jede Menge Hitze.

Und schon nach einer Minute roch es wahnsinnig lecker im ganzen Raum.

Meck war fasziniert von dem kleinen weißen Feuerdings.

„Das ist ein Schneller Brüter", sagte Margot. „Die kann man von den Zwergen kaufen. Man zahlt mit Schwarzgeld, das tröpfelt am Fuß des Vulkans aus den Dunklen Kanälen."

Dann schenkte sie Meck einen Schnellen Brüter und erklärte ihm, dass er nicht in der Tasche losgehen könne, falls jemand einfach nur mal so zum Spaß „Zünden!" rufen würde. Man müsse den Brüter direkt ansehen und dann das Kommando geben.

„Ich glaub, das Essen ist jetzt heiß genug", sagte Bea.

„Brüter aus!", rief Margot und der Würfel erlosch.

Bea ging zu den Töpfen und Pfannen. „Fragt nicht, woraus das Essen im Einzelnen besteht. Esst einfach."

Und das taten wir dann auch.

Leute, ich schwöre euch, es war das Leckerste, was ich bisher in meinem Leben gegessen habe! Unsere Gastgeber sahen begeistert zu, wie wir reinhauten. Und als wir fertig gegessen hatten, stand Störti auf und sagte: „Also gut, ihr kleinen Landratten. Ihr habt mir von diesem ganz wunderbaren und zutiefst wahrhaftigen Buch erzählt. Nun will ich euch zum Studienrat bringen. Auf geht's! Alle Mann an Deck. Setzt die Segel. Holt den Anker ein. Schmeißt die Ratten über Bord. Haltet den Schiffszwieback trocken. Zählt die Rumfässer durch. Putzt die Kombüse. Feudelt das Deck …"

„Ist ja gut, Störti", unterbrach ihn Margot. „Du gehst ja nicht auf große Fahrt, sondern nur rauf auf den Vulkan. Manchmal geht's mit dem Kapitän durch, Kinder. Aber man kann sich auf ihn verlassen. Auf Wiedersehen, ihr kleinen Menschen."

Wir verabschiedeten uns von Margot und den anderen. Weingeist rülpste herzlich. Lücke verbeugte sich mit wehendem Umhang. Kochen-Harry reichte uns seinen Unterschenkel, den wir grinsend schüttelten, und Blickdicht formte sich zu einer winkenden Hand.

„Wirklich echt nette Geister", sagte Meck und winkte grinsend zurück.

Dann traten wir hinaus. Störti marschierte, Kommandos murmelnd, vorneweg und wir dackelten hinterher. Stribbi, der nicht mehr von meiner Seite wich, sprang wieder auf meine Schulter. „Jetzt gehen wir doch sicher meine Nuss holen, oder?", fragte er.

Ich sagte darauf lieber nichts. Konnte er nicht endlich diese blöde Nuss vergessen! Doch ihm die Wahrheit sagen wollte ich auch nicht. Sonst hätte er uns vielleicht nicht mehr begleiten wollen. Und das hätte ich sehr schade gefunden.

Schon nach ein paar Minuten konnten wir Störtis Haus nicht mehr sehen und verloren uns im Gewirr der Straßen.

Meck blickte beim Gehen in den immer noch dunklen Himmel und fragte: „Sag mal, Störti, wird's hier eigentlich nie Tag?"

„Nö", sagte Störti.

Und dann erfuhren wir von unserem Piraten-Kumpel, dass es in der ANDEREN WELT nur dieses ständige Zwielicht gab, das von dem unheimlichen Totenkopf-Mond und den hin und her rasenden Sternen kam. Allerdings schien der Mond, so erklärte Störti, manchmal so hell, dass die Vampire schon Sonnenbrillen aufsetzen mussten. Wenn der Totenkopf so „glühte", wie man hier sagte, kamen fast alle Einwohner aus ihren Behausungen und legten sich irgendwo hin, um sich zu „monden". Das war wohl so etwas wie unsere Sonnenbäder.

Plötzlich blieb Störti stehen. „Algenpest und Muschelmüll!", rief er. „Es ist mal wieder so weit!"

Dann drängte er uns schnell hinter einen großen Felsen. Wir hörten eine Art Brausen. Es klang unheimlich und schien immer näher zu kommen.

Wir kamen gar nicht dazu, Fragen zu stellen, denn das Brausen steigerte sich jetzt zu einem gewaltigen Dröhnen. Und dann sahen wir es: Eine Staubwolke raste den Weg hinunter auf uns zu.

Was war das?

Ein Rennwagen?

Eine tief fliegende Rakete?

Plötzlich erkannte ich inmitten der Staubwolke eine menschliche Gestalt. Es war ein Mann, der dort rannte. Und das so schnell, dass er dabei einen gewaltigen Lärm machte.

Störti warf sich schützend vor uns, und wir konnten gerade noch sehen, wie der Mann donnernd an unserem Felsen vorbeiraste. Auf dem Weg wurde alles durcheinander gewirbelt. Steine flogen umher, ein Baum krachte um und ein Frosch klatschte gegen Mecks Bauch.

„Was war das?“, stammelte ich.

„Das“, antwortete Störti und kam vorsichtig hinter dem Felsen hervor, „war der Flüchtige Bekannte. Niemand weiß, wer er ist. Aber er rast ohne Pause in gewaltigem Tempo durch die ANDERE WELT. Immer auf anderen Wegen. Deshalb weiß niemand genau, wann er kommt. Wir wissen nur, dass man ihm besser aus dem Weg geht. Einen Troll, der nicht schnell genug wegkam, hat er mal fünf Seemeilen weit in die Luft geschleudert. Wenn der Flüchtige Bekannte auftaucht, sieht jeder zu, dass er wegkommt. Aber jetzt ist erst mal die Luft rein. Es heißt, er sei der Geist eines verstorbenen Leichtathleten, der auf der Erde vom Blitz getroffen wurde und ohne Umwege in die ANDERE WELT katapultiert wurde. Wer weiß? Dürfte aber 'ne Weile dauern, ehe er hier wieder vorbeikommt. Los geht's, ihr Landratten. Auf zum Studienrat!"

Wir passierten nun jede Menge der seltsamen Häuser, Hütten und anderen krummen Behausungen, in denen die Untoten lebten. Die meisten Bewohner waren zu Hause, und wenn sie Störti und uns sahen, winkten sie uns mit ihren Pranken und Klauen aus den Fenstern zu und grunzten, rülpsten oder knurrten. Das war aber laut Störti größtenteils freundlich gemeint.

Doch dann kam uns ein Werwolf entgegen. Ein riesiger Kerl mit dichtem Wolfspelz und grausigen Reißzähnen. Er stellte sich uns in den Weg und knurrte: „Na, soll ich einen von euch mal so richtig fertigmachen, hä? Wer will Ärger?“

Wir blieben wie vom Donner gerührt stehen. Stribbi versteckte sich hinter meinem Kopf.

Störti aber verzog keine Miene, ging auf den Wolf zu, stellte sich direkt vor ihn und sagte: „Pass auf, dass ich dir deine vorlaute Schnauze nicht verbeule. Geh aus dem Weg, du Pinscher!“

Der Werwolf knurrte, sah Störti in die Augen, zog dann aber den Schwanz ein und schlurfte weiter.

„Großes Maul und nix dahinter“, bemerkte Bea, und Stribbi rief dem Monster frech hinterher: „Und du kriegst keine Nuss, weil du nämlich blöd bist!“

Als Antwort streckte der Werwolf dem Vampirhörnchen lediglich die Zunge heraus.

„Das geht hier ja zu wie bei uns auf dem Schulhof“, meinte Meck. „Wer die größte Klappe hat, kommt durch.“

Nach dieser kleinen Störung setzten wir dann unseren Weg zum Haus des Studienrats fort.

UNTERDESSEN AUF DER ERDE

Madame Malus saß währenddessen zufrieden grinsend in ihrem Zelt. Vor ihr auf dem Tisch stand ihre Glaskugel, die wie ein kleiner, runder Fernseher das Geschehen in der ANDEREN WELT zeigte. Auf ihrer Schulter hockte ein kleiner, hässlicher Vogel, der aussah wie ein Spatz, den man einmal in die Waschmaschine gesteckt hatte.

„Teuerste Madame. Ich denke, du bist einen Hauch zu streng mit den Kindern gewesen, wenn mir diese kritische Bemerkung in aller Bescheidenheit erlaubt ist“, meinte der Spatz und sah Madame Malus tadelnd an. „Du hattest doch versprochen, deinen Jähzorn zu zügeln. Und ich, verehrteste Top-Magierin, sollte dich gelegentlich daran erinnern. Willst du also diese Kinder nicht langsam wieder zurückholen?“

„Schnabel halten, Horst!“, schimpfte Madame Malus. „Komm mir bloß nicht so. Diese Gören haben mich beleidigt. Da geht es ums Prinzip. Ich bin schließlich nicht irgendwer. Mag sein, dass ich zu hart gewesen bin. Doch gehext ist gehext, zum Teufel noch mal.“

Horst dachte einen Moment lang nach. „Aber meine Hochwohlgestorbene“, zwitscherte er schließlich. „Willst du wirklich drüben derartiges Aufsehen erregen? Denk dran, dass du eigentlich gar nicht hier sein darfst.“

„Schweig, Spatz!“, schrie Madame. „Ich will nicht immer vorsichtig sein. Sollen sie doch selber sehen, wie sie aus der ANDEREN WELT zurück in diese hier finden. Es gibt einen Weg. Aber der ist nicht einfach zu finden, glaub mir.“

Und dann lachte sie und es klang wie ein quietschendes, rostiges Fahrrad. Horst flog weg, hockte sich auf eine Stuhllehne und hielt sich die Ohren mit den Flügeln zu. „Mit der Alten ist nicht zu spaßen. Ich glaub, ich halt jetzt wirklich lieber meinen Schnabel“, murmelte er leise. „Aber der Vorschlag der Kinder, den Leuten die Zukunft vom Hintern abzulesen, war doch wenigstens mal was Neues."

Dann beschloss er jedoch, sich nicht weiter einzumischen. Immerhin verdankte er es Madame Malus, dass er sprechen konnte ...

DER UNTOTE STUDIENRAT

Vor einem ganz besonders hässlichen, aber sehr großen Haus mit krummen, löchrigen Wänden und einem kaputten Dach blieb Bea neugierig stehen.

„Du meine Güte, was für eine Bruchbude. Wer wohnt denn hier?"

„Oh, das ist das Anwesen unseres begnadeten Architekten und Baumeisters Grobian Gropius", antwortete Störti. „Der Mann hat als Geist fast alle von seinen früheren Fähigkeiten verloren. Er war mal 'ne ganz große Nummer. Leider ist er der einzige Architekt unter uns, seit dieser ägyptische Pyramiden-Baumeister spurlos verschwunden ist. Jetzt müssen alle hier auf Gropius' Können zurückgreifen – falls man denn in diesem Zusammenhang von Können sprechen kann."

Und als ob Gropius das gehört hätte, tönte plötzlich eine wütende Stimme aus der Bruchbude heraus: „Undankbares Volk! Ignoranten! Niemand vermag mein Können zu würdigen. Vier gerade Wände? Pah – das kann doch jeder! Ich will neue Formen, ich will keine rechten Winkel. Ist doch blöd. Das Wohnen muss wild und unberechenbar werden. Schließlich sind wir hier im Reich der Toten. Da wird doch mal ein bisschen was gewagt werden dürfen …“

Wir hörten Gropius’ Gejammer noch, als wir schon zwei Straßen weiter waren und die kleinen, formvollendeten Erdhügel der Zwerge bewunderten.

Wenig später zeigte uns Störti seltsame runde Steine, die auf dem Weg lagen und leuchteten.

„Fasst die bloß nicht an“, raunte er. „Das sind Kotzbrocken. Wer die berührt, muss sofort erbrechen.“

„Wird gemacht, Käpt’n“, sagte Bea und salutierte.

„Es gibt noch ein paar andere Dinge, vor denen ihr euch in Acht nehmen müsst“, ergänzte Störti. „Das hier sind Gnatzbüddel“, sagte er und zeigte auf zwei kleine Beutel, die an einem knorrigen Baum hingen. „Wenn man sie anfasst, kriegt man tierisch schlechte Laune. Das kann bis zu zwei Stunden anhalten. Und in diesem Bach hier fließt Sabbelwasser. Ein Schluck davon und ihr kriegt chronischen Redefluss. Das ist ganz furchtbar. Man kann nicht mehr aufhören, Schwachsinn zu reden.“

„Hey, Meck“, meinte Bea. „Könnte es sein, dass du davon schon mal genascht hast?“

„Ruhe im Gebälk, sonst kracht’s“, grummelte Meck.

Vor einem steil ansteigenden Weg blieben wir schließlich stehen. „Hier geht es hinauf auf den großen Vulkan", erläuterte Störti. „Von oben kann man alles sehen, was interessant ist. Ein Wahnsinnsblick, sag ich euch. Hoffentlich geht euch nicht zu schnell die Puste aus. Ist keine Kleinigkeit, da raufzulaufen. Aber nicht weit vom Gipfel haust der Studienrat."

Und Störti hatte Recht. Der Weg stieg immer steiler an und wir gingen immer langsamer. Besonders Meck kam heftig ins Schwitzen. „Das ist ja schlimmer als Sportunterricht", fluchte er.

Auch meine und Beas Laune wurden schlechter. Erst als Stribbi fragte: „Gibt's da oben Nüsse? So welche mit Blut?", konnten wir wieder etwas lachen.

Zum Glück gab es kurz danach eine Zwangspause, weil Störti stolperte und

auf einmal seinen Kopf verlor, der dann fluchend in einen Dornenbusch kugelte.

Wir sahen fassungslos zu, wie Störtis Körper im Gras herumtastete. Sein Kopf rief dazu: „Hierher, du Trottel!“

Es dauerte nicht lang, da hatten sich die beiden wiedergefunden.

„Das passiert mir manchmal“, erklärte Störtis Kopf. Sein Körper trug ihn jetzt unter dem Arm. „Schließlich hat man mich ja als Mensch geköpft. So was bleibt auch hier nicht ohne Folgen.“

Nachdem sich Störti einige Dornen aus der Nase gezogen und seinen Kopf wieder festgedrückt hatte, ging es weiter.

Als wir etwa eine Stunde auf dem Vulkankegel unterwegs waren, erreichten wir eine Art Plattform dicht unterhalb des Kraterrands.

Wir blickten etwas ängstlich auf die gelben Wolken, die unter dumpfem Grollen aus dem Innern des Vulkans emporstiegen, aber Störti beruhigte uns. Der Vulkan sei schon seit hunderttausend Jahren nicht mehr ausgebrochen.

Unten schimmerten im Licht des Mondes die unzähligen schiefen Häuser und Hütten. Dazwischen lagen die schmalen Gassen und Wege, durch die all die seltsamen Wesen dieser Welt wimmelten. Das Ganze sah von oben aus wie eine Spielzeugstadt in Disneyland.

Die Stadt – das konnten wir jetzt deutlich sehen – war komplett von einer gewaltigen Mauer umgeben. Und dahinter lag die unendliche Ebene, die wir schon von unserer Ankunft her kannten.

Störti erklärte uns, dass der bewohnte Teil der ANDEREN WELT im Wesentlichen aus der ummauerten Kernstadt bestand, in der alle Geister, Gespenster, Zwerge, Trolle, Feen, Monster, Zentauren, Elfen und Tiere mehr oder weniger friedlich zusammenlebten. Hinter der Mauer, in der Wüste, gab es vor allem Pflanzen und Tiere wie Stribbi und die Fledermäuse.

„Und warum gibt es überhaupt eine Mauer?“, fragte Meck. „Eine Mauer soll ja meist vor etwas schützen. Und vor was solltet ihr euch schon schützen müssen?“

Störti schwieg und sah betreten zu Boden.

„Du verschweigst uns doch was“, drängte ich. „Mensch, Störti, wir waren doch draußen in der Ebene, außerhalb der Mauer. Waren wir da etwa in Gefahr?“

„Fragt lieber nicht“, sagte Störti schließlich. „Jetzt seid ihr hier und in Sicherheit. Kein Grund, sich unnötig zu sorgen.“

Und damit war die Sache für unseren Geister-Kumpel erledigt. Auch aus Stribbi bekamen wir nicht viel heraus. Er murmelte nur: „Die sind doof da draußen“, und zitterte dabei ein wenig.

„Da vorn noch um die Biegung und schon sind wir beim Studienrat“, rief Störti nach einer Weile in unser Schweigen hinein.

Und nach weiteren fünf Minuten Fußmarsch waren wir tatsächlich am Ziel. Allerdings waren wir mal wieder schwer erstaunt. Denn das Letzte, was wir hier erwartet hätten, war eine Schule.

Ein ungeheuer bleicher Mann in einem zerfransten grauen Kittel saß in einem rundum verglasten Pavillon an einem Pult aus Knochen, und vor ihm hockten auf typischen Schulmöbeln kleine Werwölfe, Trolle,

Monster und andere junge Ungeheuer und schrieben mit ihren Klauen und Tatzen mühsam mit, was der bleiche Mann von sich gab. Dieser Mann war ganz offensichtlich der Studienrat.

Als er uns sah, sprang er auf, rannte an die Tür und brüllte: „Was immer ihr auch wollt: nach dem Unterricht! Ich hasse Störungen. Ich könnte sterben, wenn man mich beim Unterrichten stört."

„Sie sind doch schon tot", bemerkte Bea frech.

Der Studienrat sah sie an, runzelte seine schon leicht angegammelte Stirn und sagte: „Verdammt, du hast Recht. Wie konnte ich das vergessen? Wahrscheinlich liegt es daran, dass Kinder und Monster gleichermaßen begriffsstutzig sind."

Dann knallte er die Tür zu und wir mussten warten. Aber nach zehn Minuten rannte eine Glocke mit Beinen hinter einem Stein hervor, warf sich zu Boden und ein helles Klingeln ertönte. Die kleinen Werwölfe und ihre Mitschü-

ler kamen aus dem Glaspavillon gelaufen und fingen an, sich wie die Verrückten zu prügeln.

„Große Pause, genau wie bei uns", sagte Meck trocken.

Nun kam auch der Studienrat heraus und fragte freundlich, als ob nichts gewesen wäre: „Was kann ich für euch tun?"

Wir schilderten ihm unser Problem und auf einmal schien er sehr interessiert.

„Ah ja, ich habe schon von dieser Madame Malus gehört. Eine waschechte Hexe. Scheint eine mächtige Person zu sein. Es heißt, sie sei eine der wenigen aus der ANDEREN WELT, die mithilfe ihrer Zauberei mühelos zwischen den Welten wechseln können. Sie ist schon sehr lange drüben. Was übrigens verboten ist. Das erregt bei den Menschen zu viel Aufsehen. Der Schirmherr hat sie meines Wissens schon mehrfach abgemahnt."

„Was will sie denn in der Welt der Lebenden?", fragte Bea.

Der Studienrat seufzte. „Man sagt, sie ernährt sich drüben von der Angst der Menschen. Sie erzählt ihnen irgendwelchen Quatsch, hext ein bisschen fies herum und weidet sich dann an der Furcht ihrer Opfer. Das ist die absolute Delikatesse für sie. Interessante Person. Muss mal weitere Erkundigungen über sie einholen. Aber nun will ich eure Frage beantworten. Es gibt zwei Wege raus aus der ANDEREN WELT. Erstens: Ihr wartet auf einen Riss in den Dimensionen. So etwas kommt etwa alle fünfzig Jahre vor. Aber man weiß nicht, wo genau der Riss entsteht. Oder zweitens – ihr wagt den Weg durch den SCHLUND. An dessen Ende soll, ich betone, *soll* es einen Weg hinaus in die Welt der Lebenden geben. Da während meines Aufenthaltes hier noch niemand aus dem SCHLUND zurückgekommen ist, weiß ich nicht, wie sicher diese Angabe ist. Versucht haben es noch nicht viele. Nur ein paar allzu Neugierige. Wisst ihr, die meisten Bewohner der ANDEREN WELT sind im Grunde nicht wild drauf, in die Welt der Lebenden zu gelangen. Was erwartet sie dort schon? Schreiende Menschen, Vampirjäger, Filmproduzenten – all diese furchtbaren Leute …“

„Aber für uns ist es die einzige Chance“, sagte ich. „Wir müssen es wagen.“

„Genau“, sagte Meck. „Geh du schon mal vor. Bea und ich kommen gleich nach.“

Störti lachte sich halb lebendig über diesen trockenen Witz, wurde aber sehr schnell wieder ernst, als ich nach dem Weg in den SCHLUND fragte.

„Ihr wollt da wirklich hin?“, fragte er und schüttelte den Kopf, der dabei fast wieder runterfiel.

„Der SCHLUND ist nicht schwer zu finden“, sagte der Studienrat. „Ihr verlasst die Stadt, geht bis zur Oase mit den drei pinkfarbenen Palmen und sprecht vor dem großen Grabstein mit der Aufschrift *Wage es nicht* die folgenden Worte: *Mors finis non est*. Dann öffnet sich der SCHLUND.“

„Na, das scheint ja gar nicht so schwer zu sein“, meinte Bea.

Der Studienrat runzelte die Stirn, sah Störti tadelnd an und sagte: „Ganz offenbar hat euch euer Freund hier noch nichts von den Gichtkrallen erzählt. Das sind fiese, lebende Klauen, die tief unter dem Sand im Untergrund lauern. Die schnappen sich alles, was sie in die Finger kriegen, und zerfetzen es. Sogar Monster fallen sie an. Es läuft immer nach dem gleichen Muster ab. Erst beginnt der Sand zu sprechen. Dann dauert es noch etwas, aber bald wühlen sich die Krallen an die Oberfläche."

„Sprechender Sand?", sagte ich. „Den haben wir gehört, als wir draußen waren und Stribbi trafen. Heißt das, dass ..."

„Das heißt, dass ihr verdammtes Glück hattet! Die Krallen haben wohl noch ein bisschen Zeit gebraucht, um an die Oberfläche zu kommen. Das Vampirhörnchen wäre noch rechtzeitig weggeflitzt. Aber ihr ..." Der Studienrat schüttelte den Kopf und fuhr dann fort. „Tja, aber leider liegt die Oase, in der sich der SCHLUND befindet, mitten in der Sand-Ebene. Da müsst ihr durch. In die Oase können die Krallen nicht. Und auch an den Mauern der Stadt scheitern sie. Aber draußen in der Ebene machen sie jeden fertig. Ihr müsst den richtigen Zeitpunkt abpassen. Die Krallen schlafen, wenn der Totenmond voll ist. Wenn er abnimmt und irgendwann zur Sichel wird, beginnt der Sand zu sprechen und die Krallen wühlen sich nach oben. Ich wünsche euch viel Glück. Und falls ihr Pech habt: Tröstet euch, die Krallen sind schneller als Piranhas. Ihr werdet nicht viel merken."

UNTERDESSEN AUF DER ERDE

Madame Malus saß lachend vor der Kugel in ihrem Zelt. „Was für ein köstlicher Typ, dieser Studienrat. Hast du die Gesichter dieser frechen Bälger gesehen, Horst?“

Der Spatz schüttelte nur den Kopf und schwieg. Ihm gefiel das Ganze überhaupt nicht. Er hatte was für Menschen übrig.

Madame Malus fuhr herum. „Horst“, zischte sie ihn an. „Wozu habe ich dir das Sprechen beigebracht? Los, rede! Oder bist du etwa nicht meiner Meinung?“

„Doch, verehrteste Großmeisterin der schwarzen Künste! Ganz deiner Meinung“, stotterte der Spatz.

„Du lügst!“, schrie die Wahrsagerin. „Erst gestern hast du genörgelt, ich wäre zu hart mit den Gören. Ich sehe es, wenn du lügst, Horst. Dann kriegst du immer so einen roten Schnabel. Also, sag mir jetzt, was du denkst!“

Horst schielte auf seinen tatsächlich knallroten Schnabel, zuckte resigniert mit den Flügeln und piepste: „Na ja, bei allem Respekt, erhabene Bezwingerin der zwei Welten. Ich finde, die Kinder sind jetzt genug bestraft. Die haben doch richtig Schiss bekommen.“

Madame Malus schlug donnernd mit der Faust auf den Tisch. „Verdammter Weichling! Langsam reicht's mir. Pass auf, dass ich dich nicht gleich zu deinen kleinen Freunden schicke.“ Sie stutzte, kniff die Augen zusammen und murmelte mit leiser, tückischer Stimme: „Aber warte mal … warum eigentlich nicht? Dich da drüben mit herumflattern zu sehen würde den Spaß noch größer machen. Dann kannst du diesen kleinen Angsthasen ja ein bisschen helfen, Menschenfreund.“ Und sogleich begann sie, in einer fremden Sprache zu reden.

„Gnade!“, schrie Horst. „Madame, da ist er wieder – Ihr Jähzorn! Ich sollte doch aufpassen …“

Aber da konnte er sich schon nicht mehr bewegen.

ANGRIFF DER GICHTKRALLEN

Störti brachte uns schweigend zum Tor, das aus der Stadt hinausführte. Wir hatten dem Studienrat gedankt und uns dann auf den Weg gemacht. Es war klar, dass wir uns in echte Gefahr begaben. Aber was blieb uns schon übrig? Niemand von uns wollte den Rest seines Lebens in der ANDEREN WELT verbringen.

Nun standen wir vor dem Tor und es hieß Abschied nehmen.

„Mach's gut, Störti", sagte ich. „Und vielen Dank für deine Hilfe. Wir werden es schon schaffen."

Störti stand da wie ein begossener Pudel. „Mensch, Kinnings", sagte er, „hoffentlich geht das gut. Aber ich kann nicht mit. Mein Platz ist hier."

„Und mein Platz ist hier", sagte Stribbi und blieb

auf meiner Schulter sitzen. „Ich will nämlich meine Nuss.“

Es sprach nichts dagegen, das Vampirhörnchen mitzunehmen. Immerhin hatten wir Stribbi ja auch draußen in der Ebene kennengelernt.

Das Tor stand weit offen. Der Wächter kroch herbei und kurz danach tauchten auch der Schirmherr und seine Gattin auf. Die Hamster und Frösche blieben aber in ihren Löchern.

Als wir erklärten, was wir vorhatten, sagte der Schirmherr: „Falls ihr jemals in der Welt der Lebenden ankommt, dann schickt mir diese Madame Malus umgehend hierher zurück.“

„Und wie sollen wir das bitte anstellen?“, fragte Bea. „Sie hat auf mich nicht gerade wie eine Frau gewirkt, die sich von einem Kind sagen lässt, was sie tun soll.“

„Tja, äh, gute Frage“, antwortete der Schirmherr. „Wie war das noch? Also ... Moment, gleich hab ich's ...“

Die Schirmherrin schüttelte ärgerlich den Kopf. „Vergesslich wie ein besoffener Troll“, schimpfte sie und wühlte in ihren Taschen herum. Dann zog sie ein kleines Amulett heraus, auf dem der Kopf eines weißhaarigen Mannes prangte. Es hing an einer goldenen Kette. „Das hier, Kinder, ist ein Laurin. Das magische Amulett eines mächtigen Druiden aus einer längst vergangenen Zeit. Ihr drückt auf diesen Knopf, wartet, bis das Amulett zu leuchten anfängt, presst es dieser frechen Hexe irgendwo auf den Körper und – *zack!* – ist sie wieder bei uns." Sie streckte mir den Laurin entgegen. Ich nahm ihn und schob ihn wortlos in die Tasche. Ehrlich gesagt dachte ich nicht im Traum daran, Madame Malus noch einmal freiwillig gegenüberzutreten.

Der Schirmherr sah zu, wie ich das Amulett in der Tasche verschwinden ließ. „Genau so wird's gemacht", bestätigte er mit verlegenem Grinsen. „Einfach den Laurin auf die Hexe drücken und sie ist wieder da, wo sie hingehört. War mir doch glatt kurzfristig entfallen."

Die Schirmherrin rollte nur mit den Augen. Und nach einem Blick auf den vollen Mond meinte sie, dass für uns keine Gefahr bestünde. „Haltet euch immer geradeaus, geht in zügigem Tempo genau auf die Palmengruppe da am Horizont zu, dann dürfte es kein Problem geben. Man sieht die rosa Palmen ziemlich bald und die Krallen schlafen bei Vollmond tief und fest."

„Krallen, du meine Güte! Ich mach nie wieder Witze über alte Frauen in Zelten", grummelte Meck.

Wir drückten Störti die Hand, winkten noch einmal allen zu und schritten dann durch das Tor hinaus in die Ebene. Drei Kinder, allein auf dem Weg zum SCHLUND. Und wir hatten keinen Schimmer, was uns dort erwartete.

Doch kaum waren wir zwanzig Meter gegangen, da ertönte plötzlich Lärm hinter uns. Störti rannte hinter uns her und schrie: „Ich komme mit, ihr Landratten! Ihr Leichtmatrosen! Ihr kleinen Kombüsen-Clowns! Schließlich bin ich Pirat und kein Weichei. Und tot bin ich ja sowieso schon."

Wir waren mächtig erleichtert und dankten Störti überschwänglich für seine Begleitung. Mit einem säbel- und pistolenbewehrten, zwei Meter großen Piratenkapitän an unserer Seite waren der SCHLUND

und seine Geheimnisse gleich weniger bedrohlich. Störti war sich zwar noch nicht ganz sicher, wie weit er mitkommen wollte, aber bis zur Oase wollte er uns auf jeden Fall bringen.

Wir kamen gut voran. Der Sand unter unseren Füßen schwieg, und bald konnten wir auch schon unser Ziel erkennen, die Oase mit den rosa Palmen. Die Stadt lag meilenweit hinter uns. Zur Oase war es nur noch ein kurzes Stück.

Doch plötzlich blieb Störti stehen und runzelte die Stirn. „Verdammter Mist", murmelte er und blickte in den Himmel. „Und das ausgerechnet jetzt."

Und dann spürten wir es auch. Wind kam auf. Erst war es nur ein leichter Hauch, aber schließlich wurde daraus nach und nach ein echter Sturm. Und das Schlimmste daran war, dass wir schon bald nichts mehr sehen konnten. Denn der feine Sand wurde vom tosenden Wind hochgewirbelt und raubte uns die Sicht.

„Was sollen wir jetzt machen?", schrie ich den anderen durch das Brüllen des Sturmes zu. Alle versuchten mühsam, ihre Augen zu schützen, und standen hilflos herum. Wir wussten nicht mehr, wo die Oase war, hatten aber auch keine Ahnung mehr, in welcher Richtung die Stadt lag. Um uns herum war nur eine undurchdringliche Mauer aus wirbelndem Sand.

„Da vorn!“, rief Bea. „Da ist ein großer Felsbrocken. Hinter dem können wir Schutz suchen.“

Wir hasteten hinter den Stein, drückten uns an Störtis massigen Körper und warteten auf das Ende des Orkans. Wir warteten drei lange Stunden.

Der Sturm hörte schließlich so plötzlich auf, als ob jemand einen Stecker gezogen hätte. Nach wenigen Minuten war die Sicht wieder klar. Allerdings

schien es jetzt merklich dunkler als vorhin zu sein. Und den Grund dafür konnte jeder von uns deutlich am Himmel sehen: Der Totenkopfmond war nur noch eine schmale, leuchtende Sichel.

„Das bedeutet“, stammelte ich. „Das bedeutet …“

„Seid mal kurz still“, sagte Störti.

Und dann hörten wir es. Ein leises Sirren und Murmeln. Der Sand begann zu sprechen.

Die Krallen erwachten.

„Lauft!“, schrie Störti. „Lauft, so schnell ihr könnt! Vielleicht schaffen wir es bis zur Oase.“

Wir rasten los, keuchend und voller Angst. Anfangs blieb das Sirren gleich. Doch mit der Zeit wurde es lauter. Immer lauter. Die rettende Oase war noch etwa fünfhundert Meter entfernt. Meck bekam als Erster Schwierigkeiten und wurde langsamer. Er keuchte. „Ich kann nicht mehr“, stöhnte er.

Störti zog ihn mit, so gut es ging.

Das Sirren steigerte sich, wurde zu einem hohen Kreischen. Und dann sahen wir sie. Weiße Finger gruben sich nach und nach aus dem Sand. Mit gebogenen, scharfen Krallen. Sie huschten wie Krebse über den Sand. Erst eine, dann zwei, dann Hunderte. Umherrasende, lebende Klauen des Todes.

Wir blieben voller Entsetzen stehen. Sie kamen näher. Störti hob uns alle auf einen der herumliegenden größeren Felsbrocken, zog seinen Säbel, stellte sich vor den Felsen und machte sich bereit zum Kampf. Zwei Krallen sprangen ihn an, doch er zerteilte sie mit einem gewaltigen Hieb. Die anderen zögerten, wichen zurück, formierten sich dann aber zu einer gewaltigen, wimmelnden Streitmacht und griffen an. Doch auf einmal sah Störti irritiert in den Himmel, fing an zu lachen, steckte seinen Säbel ein und sprang zu uns auf den Felsen. „Da, seht doch, die Rettung!"

Wir schauten nach oben. Etwas Weißes, Nebelartiges schoss auf uns zu. Ein flaches, waberndes Rechteck.

„Blickdicht!", rief Störti. „Mein alter Kumpel kommt, um uns zu retten. Man kann auf ihm sitzen wie auf einem fliegenden Teppich, wenn er es will."

Und schon schwebte Blickdicht in der Luft direkt vor uns. Die ersten Krallen krabbelten bereits am

Felsen hoch, als Störti beherzt auf den Nebelteppich sprang. Und tatsächlich – er konnte auf Blickdicht stehen, als ob der aus Hartgummi wäre.

„Los, mir nach, Kinder!“, schrie Störti.

Also sprangen wir und landeten purzelnd auf Blickdicht, der sich wie ein fest gespanntes Sprungtuch anfühlte. Die Krallen zischten vor Wut, hüpften hoch und bogen ihre Klauen. Doch wir schwebten wie in einem orientalischen Märchen zwei Meter über dem Boden.

„Ihr Krallen seid doof!“, rief Stribbi.

„Ich würde mich sogar dazu hinreißen lassen, sie als Kackspechte zu bezeichnen“, sagte Meck und rieb sich eine Träne der Erleichterung aus einem Auge. „Ich möchte meinen, dass wir gerade eben ein nicht geringes Problem, ja womöglich sogar ein dinosauriergroßes Problem hatten. Mensch, wenn Störtis Kumpel nicht gewesen wäre …“

„Danke, Blickdicht!“, rief ich.

Der Nebelgeist wackelte einmal kurz als Antwort und flog dann langsam in Richtung Oase.

Unterwegs fragte ich Störti: „Du bist doch eigentlich schon … na ja … tot. Was hätten die Krallen dir überhaupt antun können?“

„Antun?“, wiederholte er. „Na, guck dir doch diesen einmaligen Körper an. Ich bin zwar ein Geist, existiere aber als solcher in meinem menschlichen Körper. Ich kann ihn sogar fühlen. Und diesen Körper hätten die Krallen nach und nach in seine Einzelteile zerlegt. Das wäre ziemlich unangenehm gewesen und hätte meine Bewegungsfreiheit doch arg eingeschränkt."

Da gab es nichts mehr hinzuzufügen. Wir flogen schweigend weiter. Uns allen war bewusst, dass wir einer tödlichen Gefahr entkommen waren.

DAS TOR ZUM SCHLUND

Kurz vor unserem Ziel wich der Sandboden dem weichen Gras und schließlich setzte uns Blickdicht direkt vor den drei rosafarbenen Palmen ab.

Störti sprang als Erster herunter und lobte seinen Kumpel in den höchsten Tönen. „Blickdicht, ich ernenne dich hiermit zum Mitglied meiner Mannschaft, in die nur die Besten aufgenommen wurden. Außerdem schwöre ich dir ewige Freundschaft und würde dich drücken und herzen, wenn du nicht aus Nebel wärst, mein Alter."

Wir schlossen uns Störtis Dank an. Blickdicht schwebte jetzt als Nebelgestalt am Himmel und winkte Störti hektisch zu.

„Er will, dass ich mit ihm zurückkomme,", erklärte er. „Teufel noch mal, was mach ich jetzt?"

„Geh ruhig, Störti. Wir können sowieso nie wieder gutmachen, was du schon alles für uns getan hast“, sagte ich.

„Ach, wisst ihr was? Lasst uns erst mal sehen, was dieser SCHLUND überhaupt ist“, antwortete der Pirat und machte sich auf die Suche nach dem Grabstein. Blickdicht wartete als Wolke am Himmel.

„Hier ist der Stein!“, rief Meck, der sich schon ein bisschen umgeschaut hatte.

Kurz darauf standen wir alle vier vor dem großen, verwitterten Grabstein. Er ragte pfeilgerade aus der Erde und war mindestens so groß wie eine Matte aus dem Sportunterricht. Die Worte ‚Wage es nicht‘ standen in großen roten Buchstaben auf der Vorderseite.

„Eine eindeutige Warnung“, murmelte Bea und schluckte.

Doch es war egal. Wenn wir nicht hierbleiben wollten, mussten wir es wagen.

„*Mors finis non est*“, rief ich, ohne noch weiter zu zögern.

Ein Ächzen und Knirschen ertönte. Die Erde bebte. Der Stein begann zu vibrieren und schob sich schließlich, wie von Geisterhand bewegt, zur Seite. Dann fiel er mit einem gewaltigen Donnern zu Boden. Und da, wo er gerade noch gestanden hatte, gähnte ein großes Loch in der Erde. Der SCHLUND hatte sich geöffnet! Es war eine Art gigantische Röhre, die in einem sanften Bogen hinab in die Erde führte. Ihre Wände waren weiß wie das Fleisch von Tintenfischen und verströmten ein mattes Licht. Und sie bewegten sich rhythmisch auf und ab, als ob der SCHLUND atmen würde. Von tief unten kam ein Geräusch, das sich wie Wehklagen anhörte.

Wir standen einfach nur da und starrten in die Röhre. Dort hinab mussten wir also.

„Man sollte sich eben nicht mit Madame Malus anlegen", hörten wir plötzlich ein dünnes Stimmchen hinter uns.

Wir fuhren herum. Störti zog seinen Säbel.

„Immer mit der Ruhe, Leute", sagte die Stimme. Sie kam von einem ziemlich gerupft aussehenden kleinen Spatz, der auf einem Ast hockte.

„Wer bist du denn?", fragte ich. „Und woher kennst du Madame Malus?"

„Gestatten, ich heiße Horst. Ich komme aus der Welt der Lebenden und bin von Madame Malus hierhergehext worden – genau wie ihr. Und ich will auch genauso gern wieder dorthin zurück.“

„Du lügst, du komischer Vogel. Auf der Erde sprechen Spatzen nicht“, protestierte Bea.

„Doch, wenn Madame Malus ihnen das Sprechen mithilfe von Magie beigebracht hat, dann sprechen sie schon.“

„Also gehörst du zu dieser teuflischen Alten!“, rief ich. „Störti, mach bitte Hackfleisch aus ihm!“

„Gern“, brummte der Pirat und hob seinen Säbel.

„Neiiin! Halt! Versteht doch, ich bin genauso ein Opfer der Madame wie ihr. Wir haben euch in der Kugel beobachtet und ich habe mich für euch eingesetzt. Weil ich dachte, ihr hättet eure Lektion bekommen. Da wurde sie sauer und hat mich zur Strafe hierhergehext. Ich will bei euch bleiben und mit euch den Weg zurück finden. Ich kann euch nützlich sein. Ich weiß ein paar Dinge über den SCHLUND. Bitte stecken Sie den Säbel wieder ein, Herr Pirat."

Störti schaute uns fragend an. Wir nickten. Der Spatz sah so einsam und hilflos aus, dass wir ihm einfach glauben mussten. Und wir konnten jede Hilfe im SCHLUND gebrauchen.

„Sag mal, Horst", fragte Bea, „was erwartet uns denn da unten?"

„Genau weiß ich es nicht", antwortete der Spatz. „Aber es werden Gefahren zu überstehen und Rätsel zu lösen sein."

„Das hört sich interessant an", sagte Störti. „Ich liebe Rätsel. Kinder, ich komme mit euch."

Jubel brandete auf. Wir waren begeistert. Blickdicht verdüsterte sich zwar etwas, sauste dann aber um uns herum, verwandelte sich in eine winkende Hand und flog schließlich in Richtung Stadt davon.

„Tschüss, mein Alter", rief Störti ihm hinterher. „Und grüß mir die anderen!"

„Okay, Leute", sagte ich. „Bringen wir es hinter uns. Rein in den SCHLUND. Und ab nach Hause."

Es klang viel mutiger, als mir zumute war.

UNTERDESSEN AUF DER ERDE

Wumm! Madame Malus schlug mit der Hand auf den Tisch, sodass die Glaskugel erzitterte, in der sie bis eben beobachtet hatte, was sich in der ANDEREN WELT am Eingang zum SCHLUND abspielte.

„Verdammte Gören! Blöder Pirat! Dämlicher Vogel! So weit sind sie schon gekommen. Ich hätte den Spatz da nicht hinschicken dürfen. Der quatscht zu viel. Wer weiß, was der noch alles anrichtet. Ich bin einfach zu unbeherrscht. Aber jetzt ist es zu spät. Ich kann den blöden Piepmatz nicht mehr zurückholen. Zu dumm, dass ich im SCHLUND weder direkte Macht habe noch mit meiner Kugel hineinsehen kann. Aber was soll's? Aus dem SCHLUND in die Welt der Lebenden zu kommen, das haben in all den Hunderttausenden von Jahren nur wenige geschafft.

Und lebende Menschen waren noch nie darunter. Was ärgere ich mich also? Sie sind so gut wie tot, diese frechen Bälger und ihre dummen Begleiter. Ich werde sie nie wiedersehen. Nie! Das kommt davon, wenn man eine mächtige Hexe beleidigt ...“

DIE NIEDERTRÄCHTIGEN NUDISTEN

Langsam schritten wir in die Röhre hinein. Der Boden fühlte sich an wie nasses, weiches Moos. Wasser tropfte von oben herunter. Ab und zu hörten wir ein leises Stöhnen, das mitten aus der Wand zu kommen schien. Aber sonst passierte nichts Außergewöhnliches. Horst hockte sich mit den gezwitscherten Worten „Ich darf doch, nicht wahr?“ auf meine linke Schulter. Rechts saß bereits Stribbi.

„Till, du siehst aus wie ein Zirkuskünstler, der gleich seine Tiere durch brennende Ringe springen lässt“, meinte Bea.

„Kein Problem“, sagte Stribbi. „Für eine schöne blutige Nuss spring ich auch durch brennende Ringe.“

„Braver Stribbi“, sagte ich.

Horst schüttelte nur den Kopf, kuschelte sich aber noch etwas dichter an mich. Ich konnte eben schon immer gut mit Tieren umgehen.

Nach etwa hundert Metern wurde der SCHLUND breiter. Wir betraten eine Art Höhle. Jetzt waren die Wände nicht mehr glatt, sondern besaßen unzählige kleine Spalten und Nischen. Und irgendetwas Lebendiges hockte darin. Genaueres konnte ich nicht erkennen, denn ganz plötzlich erlosch der matte Schimmer der Röhrenwand und wir standen in absoluter Finsternis.

„Verdammt, was ist los?“, schrie ich. „Hat irgendjemand Licht?“

„Ich hab irgendwo ein Feuerzeug in der Tasche, aber ich weiß nicht, wo“, antwortete Meck.

„Iiiiih!“, schrie Bea dazwischen. „Mich hat eben was Weiches berührt.“

„Mich auch“, rief Meck angeekelt. „Es hat mich angesprungen.“

Und plötzlich hörten wir ein feines, dünnes Stimmchen rufen: „Attacke!!!!“

Dann merkten wir es alle. Weiche, warme Dinger sprangen uns ins Gesicht. Es tat nicht weh, war aber irgendwie unangenehm und unheimlich in der absoluten Dunkelheit um uns herum.

„Keine Angst“, rief Horst plötzlich. „Bleibt alle ganz ruhig und haltet die Hände vors Gesicht. Jetzt weiß ich, wo wir sind. Wir befinden uns in der Höhle der NIEDERTRÄCHTIGEN NUDISTEN.“

„Wer ist das?“, schrie Bea.

„Das sind kleine, mäusegroße Winzlinge in menschlicher Gestalt“, erklärte Horst. „Sie sind nackt und hocken irgendwo in der stockdunklen Höhle in Spalten und Nischen. Und wenn man dort vorbeigeht, springen sie einem mit dem nackten Hintern ins Gesicht. Das ist sozusagen die erste, noch sehr harmlose Prüfung für alle, die durch den SCHLUND wollen."

„Heißt das, mir springen gerade Zwerge mit dem nackten Po ins Gesicht?", fragte Störti. „Unglaublich. Das ist die Höhe! Ich bin schließlich Pirat, zum Donnerwetter noch mal! Wartet, bis ich einen dieser Klabautermänner in die Finger kriege."

„Jetzt hab ich's", hörte ich plötzlich Mecks Stimme, und auf einmal erhellte die Flamme seines Feuerzeugs die Höhle.

Jetzt sahen wir die kleinen, nackten Winzlinge, wie sie sich mit dem Hinterteil zuerst aus irgendwelchen Spalten warfen, um uns mitten ins Gesicht zu treffen.

Meck lachte laut auf. „Das gibt's doch nicht! Das ist ja wohl das Irrsinnigste, was ich je im Leben gesehen habe. Kleine, wahnsinnige FKK-Anhänger."

Es sah wirklich zum Schreien komisch aus. Wir konnten es kaum fassen, wussten aber nicht, was wir tun sollten, außer unsere Gesichter zu schützen und die NUDISTEN wie Fliegen zu verscheuchen.

Dann schoss Stribbi plötzlich nach vorn, packte im Sprung einen der NIEDERTRÄCHTIGEN NUDISTEN, hielt ihn am Boden mit seinen Klauen fest und riss sein kleines Vampirmaul auf, bereit, seine Reißzähne in sein Opfer zu graben.

„Stribbi, nein!“, schrie ich. „Tu das nicht!“

Stribbi hielt erstaunt inne und ließ den NUDISTEN laufen.

Dann erlosch Mecks Flamme und wir standen wieder in der Dunkelheit. „Sorry, Leute, das Gas ist wohl aufgebraucht“, entschuldigte er sich.

Aber irgendetwas war auf einmal anders. Es war in der Höhle zwar immer noch stockdunkel, doch die Attacken der NUDISTEN hatten urplötzlich aufgehört.

Dann ging das Licht in den Wänden wieder an. Wir sahen die NIEDERTRÄCHTIGEN NUDISTEN überall vor ihren Verstecken hocken, aber sie rührten sich nicht mehr, sondern sahen uns nur mit weit aufgerissenen Augen an.

„Geht weiter“, zwitscherte Horst. „Sie sind es nicht gewohnt, dass sie verschont werden. Normalerweise werden sie von ihren verärgerten Opfern zu Hunderten niedergemacht. Jetzt sind sie platt angesichts von so viel Menschlichkeit und lassen uns offenbar in Ruhe."

„Aber wo geht es lang?", fragte Bea. „Da vorn gabelt sich der Weg."

Wir standen vor der Gabelung, unschlüssig, ob wir nun nach rechts oder links gehen sollten.

Da sprang einer der NUDISTEN herbei und zeigte quietschend auf den linken Weg.

„Voilà, das ist die Antwort. Ich pflege kleinen, nackten Menschen stets zu glauben", sagte Meck und ging in die linke Röhre hinein.

Die eisige Falle

Wir folgten ihm in banger Erwartung. Jeder von uns hatte Horsts Worte noch im Ohr. „Das ist die erste, harmlose Prüfung“, hatte der Spatz gesagt. Was würde als Nächstes kommen?

Wir erfuhren es sehr bald. Nach einer scharfen Linkskurve mündete die Röhre des SCHLUNDS in eine große Halle. Hier war das Leuchten der Wände viel stärker. Und vor allem war es bitterkalt. Mit jeder Sekunde, die wir in der Halle zubrachten, wurde es sogar noch kälter. Die Wände waren jetzt von weißem Raureif bedeckt. Eiszapfen bildeten sich so schnell wie in einem Zeitraffer. Schneeflocken wirbelten auf einmal um uns herum. Es war wirklich ziemlich kalt. Wir rückten näher zusammen.

„Verdammt“, zischte Meck. „So doll habe ich nicht mehr gefroren, seit ich damals bei diesem Sauwetter mein Seepferdchen gemacht habe.“

„War es nicht dein Flusspferdchen?“, fragte Bea mit klappernden Zähnen.

Meck grinste. Bea war die Einzige, die Witze über sein Dicksein machen durfte. Vielleicht weil sie sich selber so oft Schimpfworte wie „Bohnenstange“ oder Schlimmeres anhören musste. Einmal hatte ein Mitschüler sogar vor der gesamten Klasse gesagt, dass Bea ja bereits in der Bibel erwähnt werde. Denn da heiße es doch: „Eine große Dürre kam über das Land.“ Bea war damals mächtig sauer. Doch Meck fand, dass der Witz gar nicht mal so übel war.

Aber jetzt in der Eiseskälte des SCHLUNDS verging uns allen schnell jede Lust am Witzereißen. Denn es wurde tatsächlich immer noch kälter.

„Lasst uns erst mal zurückgehen“,

schlug Meck vor. Doch als wir uns umdrehten, war der Gang, aus dem wir gerade in die Halle herausgetreten waren, einfach verschwunden. Die Wand war glatt und undurchdringlich. Und es führte kein Weg aus der Halle heraus.

„Was soll das werden?“, fragte ich Horst. „Wollen die uns als Tiefkühlkost verkaufen?“

„K-k-k-keine Ahnung“, antwortete der Spatz zitternd. „Von diesem Kühlschrank hier hab ich n-n-noch nie gehört. Ich weiß nur ein p-p-p-paar Sachen über den SCHLUND, die ich bei Madame Malus aufgeschnappt habe. M-m-mann, ist das kalt!“

Und es wurde noch kälter. Kälter, als ihr es euch überhaupt vorstellen könnt. Die Hände taten uns weh, als ob ein eisiges Monster hineinbeißen würde. Die Wände der Halle überzogen sich mit einer dicken Eisschicht. Es war schrecklich. Ich zweifelte, dass wir diese Kälte-Attacke überleben würden. Der SCHLUND hatte uns bereits hier besiegt.

Ich schloss die Augen und dachte an meine Eltern. Sie würden nie etwas über mein Schicksal erfahren. Ich wurde sonderbar müde. War das der Tod?

Dann hörte ich Mecks Stimme. Er rief: „Zünden!“, und auf einmal spürte ich Wärme. Ich riss die Augen auf und sah meinen Kumpel grinsend am Boden hocken. Vor ihm brannte der Schnelle Brüter, den Margot ihm geschenkt hatte. Unsere Rettung! Wir sprangen zu ihm und wärmten uns an dem geheimnisvollen Feuer. Stribbi hüpfte fast hinein, so sehr freute er sich über die Wärme.

„Meck, du bist einfach der Größte“, stammelte Bea, immer noch zitternd. „Ich hatte das Ding da schon ganz vergessen.“

„Nennt mich den ‚Hüter des Feuers‘“, sagte Meck. „Nein, noch besser: Nennt mich ab sofort ‚Bezwinger der Arktis‘.“

„Ich ernenne dich zum Mitglied meiner Mannschaft“, rief Störti. „Und in die wurden bekanntlich …“

„… nur die Besten aufgenommen“, ergänzte ich lachend.

„Meck ist so toll wie eine blutige Nuss“, rief Stribbi.

Das war das größte Lob, das sich das Vampirhörnchen vorstellen konnte.

Der Brüter wärmte nach und nach die ganze Halle. Störti erklärte, dass das kleine Ding tagelang brennen konnte. Das Eis schmolz. Wasser floss die Wände herab und verschwand in kleinen Löchern im Boden auf der anderen Seite der Halle.

DER FLUCHENDE RIESENKRAKE

„Hier muss es irgendwie weitergehen“, murmelte ich, ging zu einem der Löcher und untersuchte die Wand. Und tatsächlich, kaum hatte ich die glatte Oberfläche ein kleines Stück oberhalb des Lochs berührt, schob die Wand sich ächzend zur Seite und gab einen weiteren Gang frei.

„Wenn ich bitten darf, Leute“, sagte ich feierlich.

„Ozeanisch gut, Junge. Wieder jemand für meine Mannschaft, in die bekanntlich … na ja, ihr wisst schon“, kicherte Störti und klopfte mir auf die Schulter. Es fühlte sich an, als ob ein Baum auf mich fallen würde. Aber irgendwie war ich mächtig stolz über das Lob.

Dann gingen wir vorsichtig weiter in den SCHLUND hinein.

In gespannter Erwartung legten wir eine beachtliche Strecke zurück. Ab und zu ertönte wieder das leise Grunzen aus den Wänden. Doch ansonsten geschah lange gar nichts.

Dann, hinter einer kleinen Biegung, schwebten auf einmal Buchstaben in der Luft. „Besucher sind Idioten!“ konnten wir schließlich lesen. Und dann formierten sich die Buchstaben neu. „Schweinebacken seid ihr! Und total bescheuert. Und hässlich noch dazu.“

„Der Letzte, der mich so beleidigt hat, war ziemlich schnell einen Kopf kürzer“, grummelte Störti.

„Lass gut sein, Käpt'n. Ich bin immer für ein offenes Wort zu haben", sagte Meck.

„Ich auch, Dickerchen, ich auch", antwortete da eine fremde Stimme.

Und wie aus dem Nichts erschien auf einmal ein riesiger Tintenfisch direkt vor uns.

Störti griff zu seinem Schwert, aber einer der Fangarme des Monsters schoss hervor und umwickelte den Piraten, als ob er ein hilfloses, kleines Baby wäre. Und ehe wir uns versahen, hatte der Kalmar jeden von uns gepackt. Wir waren unfähig, uns zu bewegen. Wie Schraub-

stöcke umklammerten uns die kräftigen Tentakel des Tieres.

„Willkommen zum Fluch-Wettbewerb!“, sprach der Tintenfisch mit tiefer Stimme. „Auch wenn ich euch ein bisschen fest drücken und wahrscheinlich gleich nach eurer Niederlage zerquetschen muss: Hier kommt es nicht auf Muskeln an, sondern allein auf die Kraft des Wortes. Die Regel ist einfach zu kapieren: Wer besser flucht, hat gewonnen. Aber nur einer von euch darf gegen mich antreten. Und ich habe die Wahl. Wollen wir doch mal sehen ... Wen nehmen wir denn? Den Piraten? Keinesfalls. Das sind ganz üble Flucher. Den dicken Jungen? Der sieht mir aus wie einer, der weiß, wie man ordentlich schimpft. Oder den anderen Burschen? Ach nee. Vielleicht das Vampirhörnchen oder den Spatz? Die wären auch ’ne Möglichkeit ... Aber lieber nicht. Ich wähle das dünne Mädchen hier. Ein braves, wohlerzogenes Kind, nicht wahr? Bestimmt haben dir deine Eltern beigebracht, dass man nicht flucht, richtig? Mit dir werde ich keine Schwierigkeiten haben. Har, har, har, har ...!“

Der Körper des Kalmars bebte vor Lachen.

Beas Augen waren nur noch schmale Schlitze. Ich sah, dass sie sich trotz aller Angst ziemlich ärgerte.

„Also“, sagte der Kalmar. „Fangen wir an: HEULSUSE!“

Auf Beas Stirn bildete sich eine mächtige Zornesfalte.

„FETTER, STINKENDER, SCHLEIMIGER GLUPSCHKOPF“, antwortete sie mit vor Wut zusammengepressten Zähnen.

Der Kalmar zuckte zusammen.

„DÜNNES, KLAPPRIGES PICKELGESICHT!“, rief er.

Jetzt war Bea wieder dran: „DÄMLICHES, BUCKLIGES, WIDERWÄRTIGES STÜCK KUHKACKE. FETZENGESICHT, WABBELSCHNAUZE, FISCHABFALL, RUNZELFRESSE, TINTEN-SCHWEIN, ELENDIGES!“

Der Kalmar heulte auf und schrumpfte ein ganzes Stück. Der Druck seiner Arme wurde schwächer.

„KRÖTE“, sagte er mit dünner Stimme. Er hatte wohl gemerkt, dass er sich die Falsche ausgesucht hatte.

Bea war ganz in ihrem Element: „FAULIGER, FISCHIGER KOTZ-KALMAR. WENN ICH DICH ANGUCKE, KOMMT MIR DAS MITTAGESSEN DER LETZTEN ZEHN JAHRE WIEDER HOCH. DU BIST SO LEUCHTEND HÄSSLICH, DASS SELBST DEINE MUTTER NACH DER GEBURT SOFORT EINE SONNENBRILLE AUFSETZEN MUSSTE. DEIN GESICHT KANN MAN HÖCHSTENS ZUM EIERABSCHRECKEN GEBRAUCHEN. UND DU RIECHST WIE EINE TONNE TOTER FISCH, DIE EIN JAHR IN DER PRALLEN SONNE GESTANDEN HAT. UND …“

Der Kalmar heulte auf, ließ uns alle los und schrumpfte weiter. Jetzt war er nur noch so groß wie ein Schäferhund.

„BLÖDER, ARSCHGESICHTIGER ZWERG, DÄMLICHER TINTEN-IDIOT!“, schrie Bea ihn an.

Der Kalmar war jetzt nur noch so groß wie ein Dackel und heulte weiter. Er fluchte nicht mehr.

„POPELFRESSENDE TINTEN-TONNE“, setzte Bea nach. „KLEINER, MIESER, ABGEWRACKTER

SEETANG-KOMPOSTHAUFEN. DU VERFAULTE SEEGURKE!“

Der Kalmar kreischte ein letztes Mal auf, schrumpfte erneut und verschwand – nur noch mausgroß – fiepend in einem Loch in der Wand.

Der Gang war wieder frei und wir waren gerettet.

Störti, Stribbi und Horst starrten Bea fassungslos an, die zufrieden lächelte.

„Ihr solltet sie mal hören, wenn sie *richtig* sauer ist“, sagte ich.

Meck kicherte nur. „So liebe ich meine Bea.“

„Ich habe zwar eigentlich keine Frauen in meine Mannschaft aufgenommen“, brummte Störti. „Aber in diesem Fall würde ich eine Ausnahme machen. Beim Klabautermann, Mädel. Du kannst vielleicht fluchen!“

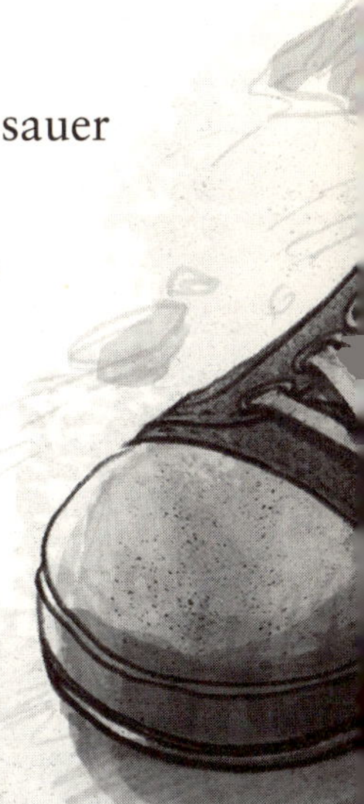

DIE TÜCKISCHE WUNSCHMASCHINE

Erleichtert gingen wir weiter. Aber schon bei der nächsten Wegbiegung rechneten wir wieder mit einer neuen Prüfung. Doch die SCHLUND-Röhre ließ uns erst mal in Ruhe. Keine fluchenden Tintenfische stellten sich uns in den Weg, keine NIEDERTRÄCHTIGEN NUDISTEN sprangen uns an. Es geschah einfach nichts.

Ich ging vorneweg.

„Leute", sagte ich irgendwann, „könnte es sein, dass der SCHLUND schon am Ende seines Lateins ist? Vielleicht hat diese schleimige Röhre ja einfach nichts mehr drauf?"

Niemand antwortete mir. Ich drehte mich um – und erschrak. Es konnte mir niemand antworten, weil nämlich keiner mehr da war. Die anderen waren ohne einen Laut einfach verschwunden. Ich rannte zurück, rief ihre Namen. Zwecklos. Ich war allein, allein in der magischen Röhre, die ich gerade auch noch laut und deutlich beleidigt hatte. Ich hockte mich auf den Boden und wartete. Vielleicht würden die anderen ja noch kommen. Woher auch immer.

Ich wartete stundenlang. Es war unendlich langweilig. Und schließlich schlief ich ein.

Es ratterte. Ich erwachte vom typischen Geräusch einer Spielzeugeisenbahn, sprang auf, sah mich um und traute meinen Augen nicht. Die Röhre des SCHLUNDS hatte sich in ein gemütliches, großes Zimmer verwandelt. Und in der Mitte dieses Zimmers stand auf einem Gestell eine gigantische Spielzeugeisenbahn, so wie ich sie mir immer schon gewünscht hatte.

Mindestens zehn Züge mit unglaublich tollen Loks fuhren umher. Es gab Berge, Städte, Wälder, einen Wasserfall, kleine Autos, die auf winzigen Straßen fuhren – einfach alles, was dazugehörte. Und vor dem Tisch war ein Steuerpult montiert, mit dem man

alles, was sich da bewegte, kontrollieren konnte.

Es war die perfekte Eisenbahn.

Ich ging um den Tisch herum, entdeckte noch einen Flugplatz, auf dem reger Betrieb herrschte, ein Bergwerk, in dem gearbeitet wurde, und sogar eine Schule, in der es gerade zur Pause klingelte. Schüler liefen heraus, und erst jetzt registrierte ich, dass die gesamte Anlage tatsächlich von kleinen, lebenden Miniaturmenschen bewohnt wurde. Wahnsinn! Ich war der Herr über eine wirkliche Welt.

„Hallo, Till“, hörte ich da auf einmal eine warme, ungeheuer nette Stimme. Sie kam aus dem Nichts und sagte zu mir: „Ich habe dir deinen größten Wunsch erfüllt. Du kannst für immer hier bleiben und spielen. Du musst es nur laut sagen, dann ist das alles hier dein. Sag einfach: *Ja, ich will*.“

Na, da gab es doch wohl nichts zu überlegen, oder? Ich hatte meinen Mund schon geöffnet und wollte den Satz sagen, da spürte ich auf einmal Widerstand. Etwas in mir erwachte. Erst nur zögerlich.

Die warme Stimme schien das zu merken. „Till, vergiss all deine Sorgen und Mühen. Hier ist doch alles, was du willst. Hier und jetzt. Greif zu!“

Ihr müsst wissen, dass ich schon immer jemand war, der sich viele Gedanken darüber machte, was passiert, wenn man dies oder das tut. So bin ich eben. Wenn die anderen im Sommer nach dem Rumtoben mit Klamotten in unseren See sprangen, zögerte ich und fragte mich stattdessen, was wir wohl hinterher in den nassen Sachen machen sollten ... Ich wollte eigentlich nicht so sein, nicht immer so viel grübeln. „Sei doch mal spontaner“, hieß es immer. Aber das war gar nicht so einfach.

Doch jetzt rettete mich genau dieser Charakterzug. Irgendwo in meinem Gehirn fragte ich mich, was passieren würde, wenn ich jetzt Ja sagen würde. Und auf einmal kapierte ich es. Der SCHLUND wollte mich einwickeln, mich mit der Erfüllung meines größten Wunsches betäuben und für immer dabehalten.

Ich sprang auf und schrie, so laut ich konnte: „Neiiiiin!“

Und mit einem Knall verschwand die ganze Spielzeugbahn und ich stand wieder allein in der Röhre.

Aber jetzt hörte ich vor mir Mecks Stimme. Er schwärmte: „Mmmh, das ist lecker. Das ist das Wunderbarste, das ich in meinem Leben bisher gegessen habe."

Ich rannte los, bog um eine Ecke und stand in einer Art Mini-Restaurant. Es hatte nur einen Tisch und an dem saß Meck. Ein Kellner goss ihm gerade ein Glas Saft ein. Und auf dem Tisch standen alle möglichen Speisen und Süßigkeiten: Pommes, Hähnchen, Braten, Kuchen, Weingummis, mehrere Pizzas, eine leise ploppende Popcorn-Maschine, Säfte, Eis – einfach alles, was Meck für sein Leben gern aß. Und direkt neben Meck stand ein Spiegel. Doch der zeigte nicht Meck, wie er wirklich war, sondern einen schlanken, sportlichen Meck, der da hockte und in bester Laune Essen in sich hineinstopfte.

„Meck", rief ich, „komm zu dir! Es ist der SCHLUND, der dich verführen will!"

„Hey, Till! Komm, setz dich zu mir und iss was. Es ist unglaublich lecker. Und das Wahnsinnigste ist:

Es macht dünner! Sieh doch, wie gut ich aussehe. Hier bleibe ich. Für immer."

Meck war also bereits hypnotisiert!

„Meck, das ist nur ein Trugbild!", schrie ich. „Ich sehe es doch, du siehst genauso aus wie immer. Tut mir leid, Kumpel."

„Unsinn, Quatsch mit Soße. Schau doch in diesen Spiegel. Ich sehe so was von verschärft gut aus. Schlank wie ein Super-Model."

Da schien nichts mehr zu helfen. Ich dachte nach und plötzlich hatte ich die rettende Idee.

„So, so, Meck. Du bist also dünn. Okay, dann fass doch mal an deinen Bauch."

„Mensch, hast du keine Augen im Kopf, Till?", brummte Meck. „Der Spiegel zeigt es doch. Voll waschbrettmäßig, mein Bauch. Aber bitte, diese unglaubliche Muskelansammlung kann man ruhig mal anfassen." Er grinste überheblich, legte einen Lolli weg und fasste sich an seine mächtige Wampe. Wie von einer Wespe gestochen sprang er auf. „Verdammte Sauerei!"

Der Zauber war gebrochen. Der Spiegel zersprang, das Essen verschwand, der Kellner auch, und Meck stand da wie ein Häufchen Elend und betrachtete mit trauriger Miene seinen Bauch.

Ich erklärte ihm, was der SCHLUND mit uns vorhatte. Meck schimpfte und trat wütend gegen die Wand. Lange dauerte sein Selbstmitleid allerdings nicht.

„Hast du gesehen, wie klasse ich aussah?", meinte er kopfschüttelnd. „Ab sofort bin ich auf Diät, zum Teufel noch mal."

Dann machten wir uns auf die Suche nach den anderen.

Wir fanden Bea in einem großen Saal auf einer Art Bühne. Vor ihr standen Hunderte begeistert klatschende Leute. Und sie sang, begleitet von einem Pianisten, in ein offenbar magisches Mikrofon. Denn aus den Lautsprecherboxen kam nicht Beas Stimme, sondern die einer wunderbaren Sängerin.

Wir wussten, dass es immer schon Beas größter Wunsch gewesen

war, toll singen zu können und ein Star zu werden. Aber wenn sie sang, klang es ehrlich gesagt eher so, als würde man eine Maus quälen. Aber nicht hier im SCHLUND. Hier sang Bea dank des Zauber-Mikros so schön, wie ich noch nie zuvor einen Menschen habe singen hören. Das Publikum raste. Wir gingen zu Bea und versuchten, ihr inmitten des Lärms die Wahrheit zu sagen. Doch sie beachtete uns gar nicht. Und jetzt kamen auch noch Security-Leute herbeigelaufen und zerrten uns von Bea weg.

Aber Meck wusste, was zu tun war. Er riss sich von einem der Männer los, sprang zu Bea, packte das magische Mikrofon und warf sich damit zu Boden. Bea sang weiter, doch ohne das Mikro klang es so, wie wir und Bea es leider kannten – nämlich einfach grauslich.

Bea verstummte abrupt, schüttelte benommen den Kopf, schlug die Hände vors Gesicht und sagte kein Wort mehr. Der Saal samt Publikum, Pianist und allem anderen verschwand. Bea war gerettet. Und als sie wieder richtig zu sich gekommen war, schwor sie, dem SCHLUND diese Demütigung irgendwann heimzuzahlen. Wir sagten ihr unsere bedingungslose Unterstützung bei diesem Vorhaben zu.

Nun mussten wir noch unsere anderen Freunde befreien.

Stribbi saß in einem riesigen Haufen roter Nüsse und wollte nicht weg. Aber als wir ihm versicherten, dass Blutnüsse ganz anders und viel roter und größer aussehen, stutzte das Vampirhörnchen und wurde wach.

Horst glaubte, zu einem wunderschönen Papagei geworden zu sein, doch ein kleiner Taschenspiegel, den Bea dabei hatte, klärte das Missverständnis schnell auf. Jetzt galt es nur noch, unseren Piratenfreund zu befreien.

Nach einem kurzen Weg durch die SCHLUND-Röhre fanden wir ihn in einer großen Lagune. Er stand auf der Brücke eines prächtigen Viermast-Seglers, inmitten einer Horde verwegener Piraten, die ihm zujubelten. „Kinder, ich lebe wieder und gehe auf große Fahrt!“, verkündete er.

Ich zwinkerte den anderen zu, gratulierte ihm und bat, ihn noch einmal umarmen zu dürfen.

„Klar, mein Jung!“, rief er und beugte sich zu mir herab.

Ich schlang meine Arme um seinen Hals, griff mit meinen Händen ein Stück höher und zog mit aller Kraft an seinem Kopf. Mit einem lauten *Plopp* löste sich der Kopf und kippte zur Seite weg. Störti erwachte blitzartig aus seinem Wunschtraum, packte seinen Schädel und drückte ihn wieder fest, während der stolze Viermaster samt Mannschaft verschwand.

Wir erzählten dem verdatterten Piraten von unseren Erlebnissen.

„Beim Barte und Fußnagel des Klabautermanns“, sagte er. „So schön die Vorstellung auch war, wieder in See zu stechen – ich hätte mir nie verziehen, euch hier allein zu lassen.“ Er schwieg einen Moment und fuhr dann fort: „Jetzt ist mir klar, warum kaum jemand den Weg durch den SCHLUND schafft: Mit Kraft oder Waffengewalt kommt man hier nicht weit. Hier muss man mit allen Wassern gewaschen sein.“

„Ich weiß nicht, ob das so stimmt“, piepste Horst. „Ich habe von Madame Malus gehört, dass man hier auch kämpfen muss.“

„Na, dann mal los“, rief Störti und zückte seine Pistole. „Wird Zeit, dass ich hier mal ein bisschen Dampf ablasse!“

Und dann schoss er mit einem gewaltigen Knall einfach in die Röhre des SCHLUNDS.

DER FURCHTBARE RITTER

Alles um uns herum erbebte. Es gab ein gewaltiges Heulen. Pulverdampf vernebelte uns die Sicht. Dann war alles still. Sogar das Grunzen und Stöhnen der Wände hatte aufgehört. Die Stille war unheimlich.

„Oh, oh“, sagte Bea.

Und Meck ergänzte: „Ich glaube, jetzt haben wir ein Mega-Giga-Problem der Sonderklasse. Störti, das hättest du besser gelassen.“

Wie zur Bestätigung seiner Worte riss die Wand direkt vor uns auf und aus einem riesigen Loch sprang ein leibhaftiger Ritter. Mindestens so groß wie Störti, aber in voller Rüstung mit Kettenhemd, Helm, Brustpanzer, Beinschützern und einem halb offenen Visier, das rot glühende Augen erkennen ließ. Mit einem Brüllen hob der Ritter sein Schwert und stürmte auf uns zu. Störti schleuderte dem Angreifer seine leider ungeladene Pistole entgegen, riss seinen Piratensäbel hoch und parierte den ersten, kraftvollen Schlag des Ritters. Es klirrte gewaltig, als Metall auf Metall krachte. Funken sprühten. Wir standen wie gelähmt an die Wand des SCHLUNDS gepresst und sahen dem Kampf zu.

Störti hielt sich wacker, aber seine Säbelhiebe konnten den Panzer des Ritters nicht durchdringen. Der jedoch konnte Störti mit seinem Schwert sehr wohl

in Stücke hauen. Störti war sich dessen offenbar bewusst, denn er kämpfte sehr vorsichtig und wich jedem Schlag aus, sofern er ihn nicht direkt mit dem Säbel parieren musste. Funken sprühten, der Boden bog sich unter dem Gewicht der beiden großen Männer. Wir sahen, dass Störti ein erfahrener Kämpfer war. Der Ritter konnte keinen entscheidenden Schlag anbringen.

Doch dann passierte es. Bei einem Ausweichmanöver knallte Störti mit dem Oberkörper gegen die Wand. Sein Kopf wackelte, löste sich schließlich, fiel auf den Boden und kullerte in die entgegengesetzte Ecke der Höhle. Der Ritter stutzte einen Moment, sah den Kopf, dann Störtis immer noch aufrecht stehenden Körper an und stürmte entschlossen mit hoch erhobenem Schwert auf den Körper des Piraten zu.

„Schwert hoch und nach rechts!“, brüllte Störtis Kopf aus der Ecke und sein Körper folgte dem Kommando.

Krachend schlugen Schwert und Säbel aufeinander.

„Hau zu!“, schrie Störti wieder. Und der Ritter bekam einen gewaltigen Hieb auf seinen Helm.

Dann kapierte Störtis Gegner, was los war. Blitzartig drehte er sich um, riss das Schwert hoch und rannte nun auf Störtis laut brüllenden Kopf zu.

Wir rissen die Hände vors Gesicht. Das war Störtis Ende! Zumindest in seiner bisherigen Form.

Aber es kam anders.

„Angriff!“, piepste Horst auf einmal schrill und laut, flog hoch, legte die Flügel eng an seinen Körper, schoss wie eine Rakete auf den Kopf des Ritters zu und raste direkt in dessen halb geöffnetes Visier. Und dort richtete er mit seinem spitzen Schnabel offenbar jede Menge Unheil an, denn der Ritter blieb abrupt stehen und begann, wie wild zu brüllen. Ein wildes Flattern kam aus dem Innern des Helms. Federn flogen aus dem Visier. Ich sprang auf, nahm Störtis Körper an die Hand und führte ihn schnell zu seinem Kopf.

„Gut gemacht, Junge!“, rief der Pirat, befestigte seinen Kopf, schüttelte sich etwas und sah sich dann den wild umhertanzenden Ritter an.

Der hatte mittlerweile in wilder Panik beide

Hände zum Kopf erhoben und riss sich gerade brüllend den Helm herunter.

Horst flog davon, Störti stürmte nach vorn, und wir konnten nur einen kurzen Blick auf das hässliche, von Horst übel zugerichtete Gesicht unseres Gegners werfen. Denn als der Ritter Störti mit gezücktem Säbel auf seinen ungeschützten Schädel zurennen sah, warf er sein Schwert weg und sprang schreiend in das Loch in der Wand, durch das er hereingekommen war. Das schloss sich und der Spuk war vorbei.

Horst, der kleine Spatz, hatte uns gerettet.

„Ein echtes Raubein, dieser Piepmatz“, sagte Meck anerkennend.

Wir dankten Horst alle überschwänglich, und Störti ließ es sich nicht nehmen, den Spatz sofort und unter Umgehung aller Regeln und Grundsätze der vereinigten Freibeuter in seine Mannschaft aufzunehmen.

„Du kriegst was von meiner Nuss ab“, lobte ihn auch Stribbi.

Horst war mächtig stolz. Doch dann setzte er sich auf meine Schulter und sagte nachdenklich: „Wie heißt es doch so schön: Wir haben eine Schlacht gewonnen, aber noch nicht den Krieg. Ich habe mal bei Madame Malus aufgeschnappt, dass die letzte Prüfung des SCHLUNDS die schwerste ist.“

„Ach, das heißt also, dass riesige Tintenfische, arktische Kälte, fiese Hypnose und gewalttätige Ritter die einfachen Aufgaben waren?“, fragte Bea empört.

„Ich kann nix dafür“, sagte der Spatz und versteckte sich hinter meinem Kopf.

Aber was nützte das ganze Gejammer? Wir hatten ohnehin keine andere Möglichkeit, als weiter in den SCHLUND hineinzugehen und zu sehen, was uns dort noch erwartete.

DER TURM DER TAUSEND MÖGLICHKEITEN

Es ging eine ganze Weile stur geradeaus. Die schimmernden weißen Wände grunzten und ächzten wieder. Wasser tropfte von der Decke. Nichts Aufregendes geschah. Dann, nach etwa einer Stunde Fußmarsch, standen wir auf einmal vor einer Tür. Und auf der standen die folgenden Worte:

Wanderer zwischen den Welten!
Du betrittst den Turm der tausend Möglichkeiten.
Wähle gut, denn du hast nur eine Chance.
Ein Weg führt zu deinem Ziel.
Die anderen in dein Verderben.

„Leute, ich glaub, jetzt geht es um die Wurst", sagte ich.

„Stimmt, ich könnte bald mal wieder was essen“, antwortete Meck. Aber ich konnte seiner Stimme anmerken, dass er Angst hatte vor dem, was jetzt kommen würde. So was nennt man wohl Galgenhumor.

„Wir müssen irgendeine Wahl treffen, so verstehe ich dieses geschwollene Geschreibsel“, meinte Bea. „Und ich habe das Gefühl, dass es für uns alle besser wäre, die richtige zu treffen.“

„Till“, forderte mich Störti auf und zückte seinen Säbel, „mach du die Tür auf! Ich stehe direkt hinter dir und haue jeden platt, der dir was tun will.“

„Danke, Käpt’n“, erwiderte ich.

Dann öffnete ich mit einigem Herzklopfen die Tür – und wurde fast umgeworfen. Wind blies uns allen ins Gesicht und helles Licht stach in unsere Augen. Als wir uns einigermaßen daran gewöhnt hatten, sahen wir vor uns in der Luft eine Art Brücke schweben. Und sie führte scheinbar mitten durch das Nichts. Denn unter, über und neben uns war nur ein weißer, hell leuchtender Lichtnebel zu sehen, der sich in der Unendlichkeit verlor. Die Brücke aber führte direkt zu einem riesigen Turm, der aus dem Nebel emporragte. Er bestand ganz aus schwarzem, glänzendem Stein, hatte keine Fenster und – etwa in seiner Mitte – nur einen einzigen Eingang.

Ich drehte mich zu meinen Gefährten um. Keiner sagte ein Wort. Alle starrtendie unglaubliche Szenerie an, die nach der Enge der SCHLUND-Röhre umso unheimlicher wirkte.

Vorsichtig setzte ich einen Fuß auf die Brücke. Sie schwankte leicht, schien aber sehr stabil zu sein. Dann wagte ich, sie ganz zu betreten. Nichts Bedrohliches geschah. Die anderen folgten mir. Wir überquerten mit langsamen Schritten die Brücke und betraten schließlich einer nach dem anderen den Turm der tausend Möglichkeiten. Man konnte nicht

erkennen, was im Innern lag. Lediglich der Widerschein des Nebels und das Echo unserer Schritte ließen erahnen, dass der Raum hinter der Tür riesig war.

Meck war der Letzte, der eintrat. Aber kaum hatte er seinen Fuß in den Raum gesetzt, da schloss sich mit einem lauten Zischen die Wand hinter uns und die Brücke war nicht mehr zu sehen. Wir waren – mal wieder – gefangen.

Dicht aneinander gedrängt warteten wir auf das, was kommen würde. Welche Gefahren würden uns diesmal drohen? Vielleicht wieder ein Ritter, aber diesmal mit geschlossenem Visier? Oder erneut ein Kalmar oder ein noch ekligeres Monster?

Aber es war nichts dergleichen. Ganz und gar nicht.

Der Raum erstrahlte plötzlich in hellem Licht. Und dann sahen wir, dass er in der Tat riesig war. Der gesamte Turm schien aus nichts als Treppen zu bestehen. Seine Wände waren mit großen, runden Löchern bestückt. Und hinter jedem führte eine Art Rutsche hinab ins Ungewisse.

„Was soll das denn sein?“, fragte Meck. „Das sieht

ja aus wie die großen Wasserrutschen im Schwimmbad."

Dann, als ob jemand einen Schalter umgelegt hätte, ertönte plötzlich ungeheurer Lärm aus all den Löchern. Von unserem Platz aus klang es wie die Summe aller Geräusche, die man auf der Erde kannte. Wenn man sich etwas anstrengte, konnte man Lachen, Hupen, Sprechen, Bellen, Kreischen, Musizieren, Brüllen, Quietschen, Rauschen oder Tröten heraushören. Und aus jedem Loch kam nicht nur *ein* Geräusch, sondern viele auf einmal.

„Ich glaube", brüllte Bea in den Lärm hinein, „das sind die tausend Möglichkeiten. Aber was sollen wir hier wählen?"

„Den Ausgang", zwitscherte Horst, so laut er konnte. „Wir müssen uns wohl eine Röhre aussuchen und dann dort runterrutschen. Wenn wir richtig liegen, kommen wir nach Hause."

„Und wenn wir falsch liegen?", fragte Bea.

Keiner antwortete. Wir wussten es ja: Die anderen 999 Wege führten in unser Verderben.

Etwa eine Minute standen wir alle wie erstarrt

inmitten des Lärms. Dann verteilten wir uns in dem gigantischen Raum, um die Löcher abzuschreiten. Bea und Störti stiegen ein paar Treppen nach unten, Meck und ich nach oben. Aber keiner von uns wusste, wie er die Aufgabe lösen sollte. Es schien unmöglich, aus dem Geräusche-Brei irgendetwas herauszuhören, das uns zweifelsfrei den richtigen Weg nach Hause weisen würde.

Ich ging wahllos von Loch zu Loch und hörte angestrengt zu. Aus einem Rutschen-Eingang kam ein sonderbares Brummen, dann eine Art Rülpsen, leises Fiepen, Flügelschlagen, Kampfgeräusche, dann ein Knurren und anschließend ein lautes Schmatzen. Jemand schrie: „Ich will sofort Kräuterseitlinge essen oder ich schieße!“ Das nächste Loch bot absolut grässliche Musik, begleitet von einer Art monotonem Singsang.

„Das klingt ja, als ob jemand mit Zahnschmerzen eine Geige zersägt“, schrie Meck, der sich neben mich gestellt hatte.

Wir gingen weiter, hörten ein lautes Kreischen, einen Wasserfall, das Brüllen eines Löwen und jemanden, der verzweifelt rief: „Dr. Nikolaus, hilf mir!“ Daneben wiederum ertönten wunderschöne, sonderbare Klänge, helle Gesänge wie von zarten Elfen und das Quaken von Fröschen.

Das nächste Loch bot nur Piepen, Tuten, Brummen und Gluckern. Jemand rief: „Hach, es ist Sommer. Man riecht es, die Zirpen grillen.“ Ein anderes Loch wiederholte immer wieder: „Schneckenhaus. Schneckenhaus. Aber hallo.“

Aus dem nächsten Loch kam ein ungeheures Stimmengewirr. Meck und ich blieben stehen und versuchten, irgendetwas zu verstehen. Und auf einmal hörten wir inmitten des akustischen Chaos deutlich den Satz: „Und bis morgen löst ihr die Aufgaben eins bis drei. Die Arbeit schreiben wir dann am Dienstag!“

„Das muss eine Schule sein“, rief Meck gegen den Lärm an. „Vielleicht unsere?“

„Aber mir kommt die Stimme nicht bekannt vor“, antwortete ich.

Meck zuckte nur mit den Schultern und hörte weiter zu. Wir identifizierten Straßenlärm, einen Föhn, die Titelmelodie der Sesamstraße, eine Art Grunzen, einen Staubsauger, ein Telefonklingeln, aber auch Schüsse, Hilfeschreie und einen grellen Sirenenton. Nichts deutete darauf hin, dass dies der Weg in unsere Heimat war.

Den anderen ging es ebenso. Alle hörten inmitten der seltsamsten Töne immer mal wieder etwas Bekanntes, aber nichts, was eine Entscheidung rechtfertigen würde, genau dieses eine Loch auszuwählen.

EIN WEG ZURÜCK?

Stundenlang kletterten wir im Turm die Treppen rauf und runter und von links nach rechts und wieder zurück, ließen die Töne auf uns wirken, diskutierten, erwogen unsere Chancen. Aber irgendwann saßen wir alle in der Mitte des Turms und ließen die Köpfe hängen.

„Leute", sagte Bea, „ich glaube, diesmal haben wir keine Chance gegen den SCHLUND. Wie sollen wir jemals den richtigen Weg finden? Es sind einfach zu viele Geräusche."

Alle schwiegen. Selbst Störti fiel kein aufmunterndes Wort mehr ein. Stribbi kuschelte sich an mich und fragte leise: „Till, klingen Nüsse schön?"

„Sehr schön, Stribbi", antwortete ich. „Sie knacken, bevor man sie isst."

Dann schwiegen auch wir beide, und aus den Löchern mit den Rutschen erklang weiter der donnernde Mischmasch. Es war zum Verzweifeln.

Irgendwann konnte ich nicht mehr sitzen, sprang auf und begann wieder, Treppen hoch- und runterzusteigen. Das Fiepen, Dröhnen, Sprechen, Jaulen und Kreischen dröhnte in meinen Ohren. Ich spürte, dass mir die Tränen in die Augen schossen. Hier in diesem Lärm-Inferno hatte unsere Reise also ihr klägliches Ende gefunden. Ich ging immer schneller, hörte Krachen, Splittern, Schreien, Gurgeln, Hecheln. Eine Stimme fragte: „Wo ist mein verdammtes Gewehr?“ Eine andere rief: „Stehen bleiben oder ich hole die Polizei!“ Irgendetwas knallte. Jemand schrie. Ein lautes Tuten ertönte. Die Stimmen überschlugen sich, andere kamen hinzu, überlagerten sich: „Guten Morgen ... stets zu Diensten ... mit besten Grüßen ... und jetzt der Wetterbericht ... alles jubelt, alles lacht, wenn ... Zahnersatz wird teurer ...“

Ich blieb mitten auf einer Treppe stehen und erstarrte. Was war das eben? Ich hörte genau hin. Und dann, nach ein paar Minuten, hörte ich ihn wieder:

den einen Satz, der unsere Rettung war. Ich hatte den Ausgang gefunden! Sofort kletterte ich zu den anderen zurück und schrie: „Ich hab's! Leute – ich hab's. Ich weiß, wie wir hier rauskommen!"

Alle starrten mich ungläubig an, sprangen dann auf und umringten mich aufgeregt.

„Wo denn? Wie denn? Was denn?", rief Meck.

„Beim Barte Neptuns – stimmt das?", fragte Störti.

„Wenn du Witze machst, reiße ich dir den Kopf ab", drohte Bea.

„Liegt da 'ne Nuss im Ausgang?", fragte Stribbi.

„Ruhe!", rief ich. „Folgt mir einfach!"

Dann führte ich sie zu dem Loch, an dem ich die Lösung für unser Problem gefunden hatte.

„Bea und Meck, stellt euch bitte hier hin und hört gut zu!"

Die beiden lauschten mit gespannter Aufmerksamkeit. Und dann hörte es auch Bea.

„Verdammt, das ist es!", rief sie. „Der Jahrmarkt!"

„Ich verstehe nur Bahnhof", antwortete Meck.

„Mensch, Meck", rief Bea. „Hast du denn nicht hingehört? *Alles jubelt, alles lacht, wenn …*"

Jetzt kapierte es auch Meck. „Natürlich – das ist doch dieser bescheuerte Spruch aus dem Totenkopf-Mund an der Geisterbahn bei uns auf dem Jahrmarkt: *Alles jubelt, alles lacht, wenn der Geisterexpress seine Runden macht!* Till, du bist der Größte! Das muss der richtige Ausgang sein. So eine beknackte Geisterbahn gibt es nur bei uns."

Wir erklärten Störti das Ganze.

„Na dann, ihr Landratten", tönte er mit seiner tiefen Stimme. „Worauf warten wir noch? Nix wie rein in diese komische Rutsche."

Wir blickten ihn sprachlos an.

„Du willst mitkommen?", fragte Bea ungläubig.

„Natürlich! Was soll ich denn sonst machen? Zurück in die ANDERE WELT latschen? Nö, nö. Jetzt haben wir es so weit zusammen geschafft – nun will ich auch eure Heimat kennenlernen. Ich komme mit."

„Ich auch", piepste Stribbi.

„Ich sowieso", ergänzte Horst.

„Dann los!", rief ich und sprang, ohne noch weiter zu überlegen, einfach auf die Rutsche.

„Auf sie mit Gebrüll!", hörte ich Störti rufen.

Dann wurde alles schwarz um mich. Ich raste mit gewaltiger Geschwindigkeit die Rutsche hinunter. Der Lärm um mich hatte urplötzlich aufgehört. Dann auf einmal konnte ich wieder sehen. Die Wände der Rutsche wurden durchsichtig, und ich sah eine bizarre Landschaft an mir vorbeirasen, die sich ständig veränderte. Ich sah Saurier, die auf einer gigantischen Ebene standen, Tausende von Menschen in weißen Gewändern, die vor einem großen schwarzen Tor warteten, Elfen, die um riesige Pflanzen herumschwirrten. Ich sah lebende Steine, aus denen Arme und Beine herausragten. Dann war wieder absolute Dunkelheit um mich herum. Ich spürte, wie ich die Rutsche herunterraste, aber sehen konnte ich nichts mehr.

DAS ENDE DER REISE

Hinter mir hörte ich ein Fluchen: „Beim Barte meines Fischbrötchens – ich glaub, mein Hintern fängt gleich an zu brennen, und jetzt haben die auch noch das Licht ausgeknipst!“

Kein Zweifel, das war Störti! Meine Freunde waren also in der gleichen Situation wie ich.

Wir sausten weiter. Doch das Tempo wurde spürbar langsamer. Die Rutsche schien flacher zu werden. Und dann hörte ich es: Rumpeln, Schreien, Lachen, Heulen, Musik. Es klang gruselig, aber irgendwie auch wieder lustig. Was war das?

Plötzlich gab es einen Knall, die Rutsche unter meinem Hintern verschwand und ich saß auf einmal mitten in einem schwach beleuchteten Raum und starrte auf ein Skelett.

Das Gerippe riss die Arme nach oben und heulte.

In diesem Moment erschien Störti wie aus dem Nichts neben mir, erfasste die Lage, packte seinen Säbel und stürmte auf das Skelett los. Doch das hockte jetzt wieder auf einem Stuhl voller Spinnenweben und rührte sich nicht mehr.

„Wehr dich, du Knochenhaufen!", rief Störti. Doch der Knochenhaufen blieb stumm. Stattdessen machte es *plopp*, und plötzlich saßen Bea und Meck bei uns in dem dunklen Raum. Meck hatte Horst auf der Schulter und Stribbi hockte auf Beas Schoß. Meine beiden Freunde starrten nur stumm geradeaus in das Zwielicht.

Auf einmal rumpelte es hinter uns fürchterlich laut. Licht blitzte. Das Skelett sprang auf und heulte wie ein Wolf. Eine Sekunde später hatte Störti es mit seinem Säbel in der Mitte durchgehauen. Die Knochen purzelten zu Boden, der Stuhl fiel um, aber das Heulen ging weiter. Und hinter uns, mitten in das Rumpeln hinein, sagte jemand: „Hast du das gesehen? Echt klasse, wie der Pirat das Skelett zersäbelt hat."

Wir drehten uns um und sahen gerade noch, wie eine Art Wagen auf Schienen an uns vorbeiratterte und hinter einer Tür in der Dunkelheit verschwand. Und in dem Wagen hatten vier Jungs gesessen.

„Die kenn ich“, sagte Meck. „Das sind Henri, Hannes, Juls und Niklas aus unserer Parallelklasse. Ganz nette Typen, wenn sie nur nicht dauernd am Computer spielen würden.“

„Ja, ich erinnere mich“, sagte Bea. „Den einen hab ich mal auf dem Schulhof im Weitspucken geschlagen.“

„Dann sind wir ...“, stammelte Meck. „Also ... äh ...“

„Genau“, sagte ich. „Dann sind wir offensichtlich nicht mehr im SCHLUND und auch nicht mehr in der ANDEREN WELT. Es sei denn, diese vier Typen sind ebenfalls bei Madame Malus in Ungnade gefallen ...“

Das Rumpeln ertönte erneut. Eine Tür wurde aufgestoßen, das Heulen erklang und ein – diesmal leerer – Wagen ratterte an uns vorbei und verschwand wieder.

„Ich hab's!", rief Bea. „Eine Geisterbahn. Wir sind mittendrin in einer Geisterbahn. Das gibt's doch gar nicht! Der Ausgang aus dem SCHLUND endet in unserer Stadt, auf unserem Marktplatz, in unserem beknackten Geister-Express. Wir sind zu Hause!"

„Beim Furze eines Hammerhais, ich verstehe nichts!", brummte Störti.

„Ich will meine Nuss", piepste Stribbi.

„Hört zu, ihr beiden", sagte Bea. „Sobald wieder Wagen hier vorbeifahren, in denen noch Platz ist, springen wir hinein und fahren raus aus dieser Geisterbahn. Und draußen erklären wir euch alles, okay?"

„Okay", sagte Störti. „Ich springe in einen dieser Wagen und draußen haue ich alles platt."

„Nein, bloß nicht", beeilte ich mich zu sagen. „Wir dürfen auf keinen Fall auffallen. Schließlich bist du ein waschechter Geist, Störti. Wir steigen aus den Wagen, gehen einfach los und du folgst uns ohne Rumgepöbel und Säbelschwingen, okay?"

„So wird's gemacht und nicht anders", sagte Störti. „Ihr wisst am besten, was da draußen zu tun ist."

In diesem Moment fuhr wieder ein Wagen an uns

vorbei. Darin saß ein offenbar betrunkener Mann mit einer Bierdose in der Hand. Störti sprang ohne Umschweife hinein, quetschte sich neben den Besoffenen und verschwand mit Stribbi und Horst auf der Schulter in der Dunkelheit. Wir hörten nur noch Störtis leiser werdende Stimme: „Ruhig bleiben, Matrose, oder ich hau dir die Rübe ab."

Wenig später polterte der nächste Wagen heran. Zwei Mädchen hockten darin und sahen uns mit großen Augen an.

„Wir hatten eine Panne und brauchen eine Mitfahrgelegenheit", rief ich und sprang fast gleichzeitig mit Bea hinein.

Meck war zu langsam. „Ich nehm den nächsten, Leute", hörten wir ihn noch rufen, und dann fuhren wir auch schon an Feuer speienden Drachen, Wölfen und Gorillas vorbei, die uns aber nach all unseren Erlebnissen nicht den geringsten Hauch von Angst einflößten. Dann durchbrachen wir mit unserem Wagen eine hölzerne Schwingtür.

Es wurde schlagartig hell. Wir waren draußen. Zu Hause, in unserer guten, alten Welt. Mir schossen die

Tränen in die Augen, als ich den vertrauten Himmel sah, die echten Menschen, die grünen Bäume, den schwarzen Asphalt des Marktplatzes.

„Es ist so schön, wieder hier zu sein“, schluchzte Bea und umarmte mich.

Die beiden Mädchen, die mit uns im Wagen saßen, sahen sich nur ungläubig an. „Dass so ’ne pupsige Geisterbahn die so mitnimmt“, flüsterte die eine. Beide stiegen aus und gingen kopfschüttelnd davon.

Auch Bea und ich verließen hastig den Wagen und begannen sofort mit der Suche nach Störti, Stribbi und Horst. Und dann sahen wir die drei. Störti stand etwas abseits und betrachtete neugierig eine Schießbude. Der Spatz hockte daneben und erklärte Stribbi all die Stände mit den Leckereien.

In diesem Moment hörten wir Mecks Stimme hinter uns. „Freunde, würdet ihr diesen Leuten bitte erklären, dass ein Notfall vorlag und ich gezwungen war, ihrem Wagen zuzusteigen?“

Wir fuhren herum und sahen Meck neben einer Frau stehen. Deren großer, kräftiger Begleiter hatte Meck am Kragen gepackt. Auf seinem Unterarm prangte eine Totenkopf-Tätowierung. Er sah ziemlich finster aus. Stribbi begann zu knurren.

„Bitte lassen Sie ihn los", begann ich. „Ich … also, wir können das alles erklären. Wir waren in der Geisterbahn praktisch so was wie schiffbrüchig und …"

„Noch so ein Witzbold", brummte der Mann. „Es scheint, als ob ihr beide eine Tracht Prügel verdient."

Er hob die Hand zum Schlag. Stribbi spannte alle Muskeln an und wollte sich gerade auf den Schläger stürzen. Doch dann ertönte plötzlich ein gewaltiger Knall und alle Köpfe ruckten herum. Und aus einer Rauchwolke heraus hörten wir Störtis unverwechselbare Stimme: „So, jetzt hab ich mit einem einzigen Schuss 'ne ganze Menge von diesen kleinen Röhrchen zerdeppert. Krieg ich jetzt so einen Teddybären?"

Und als sich der Rauch verzogen hatte, sahen wir es: Störti hatte kurzerhand seine eigene Pistole für die Schießbude benutzt. In der Rückwand derselben klaffte ein großes Loch und der Besitzer reichte dem Piraten gerade mit zitternder Hand einen Teddy.

Störti schlenderte grinsend auf uns zu. „Dieser Jahrmarkt gefällt mir, Freunde“, sagte er und stellte sich neben mich.

Der Mann, der Meck immer noch am Kragen gepackt hielt, starrte Störti entsetzt an, ließ Meck ganz plötzlich los und stammelte: „Äh, ’tschuldigung, Jungs. Ist doch klar, dass man mal in einer Geisterbahn einfach so zusteigen darf, wenn einem danach ist, nicht wahr, Schatz?“

„Äh, natürlich, ja“, antwortete seine Begleiterin hastig. „So ein netter junger Mann. Der kann immer wieder mal mitfahren. Immer wieder.“

Störti musterte beide mit eiskaltem Blick. Dann ging er einen Schritt auf sie zu. „Kann es sein“, zischte der riesige Pirat mit Grabesstimme, „dass mich meine seewassergetrübten Augen nicht getäuscht haben und ich eben recht gesehen habe, dass du Sohn einer

Schiffsratte es gewagt hast, ein Mitglied meiner Mannschaft am Kragen zu packen?"

„Nie würde ich das wagen", schrie der Mann. „Ich fand nur seine Jacke so interessant. Ich … äh, ich glaube, wir gehen jetzt mal lieber."

Und dann liefen beide so schnell sie konnten weg.

Wir brachen fast zusammen vor Lachen. „Habt ihr sein Gesicht gesehen?", prustete Bea. „Der sah aus wie ein Auto, aber ziemlich verbeult."

Daraufhin mussten wir noch mehr lachen. Und es war auch ein Lachen der Erleichterung, dass wir endlich wieder zu Hause angekommen und den Klauen des SCHLUNDS entronnen waren.

Bea lief dann schnell zu der Schießbude und erzählte dem immer noch verstörten Besitzer, dass er bloß kein Aufhebens von der Sache mit Störti machen oder gar die Polizei rufen solle. Das Ganze sei natürlich ein Witz für die Fernsehsendung *Vorsicht, Kamera* gewesen, in der die Leute mit den verrücktesten Sachen überrascht und dann dabei gefilmt werden.

Der Besitzer lachte, zwinkerte mit einem Auge und

log, dass er sich so was natürlich schon gedacht hätte: „Ein Pirat mit einer scharfen Pistole, der mir einfach so in die Schießbude ballert ... So was gibt's ja nicht."

„Genau, so was Bescheuertes gibt's nicht", sagte Bea und lief grinsend zu uns zurück.

Dann schlenderten wir weiter über den Jahrmarkt und blieben schließlich vor einem Stand mit Süßigkeiten stehen.

„So, Stribbi", sagte ich mit feierlicher Stimme. „Hier bekommst du jetzt endlich die versprochene blutige Nuss – und zwar gleich in verschiedenen Varianten."

Stribbi wurde ganz aufgeregt und hüpfte auf meiner Schulter auf und ab. Ich kaufte einen großen Liebesapfel mit rotem Zuckerüberzug, gebrannte Mandeln, türkischen Honig und rote Bonbons und überreichte alles dem lechzenden Vampirhörnchen.

Stribbi fiepte vor Begeisterung, begann zu kauen und murmelte dabei ständig: „Lecker, super, mmmmh, so süß, ganz toll ..."

Wir hatten unseren kleinen Freund offenbar endlich glücklich gemacht.

„Ich glaube", sagte ich, während wir Stribbi lächelnd beim Essen zusahen, „dass wir hier noch etwas zu erledigen haben, oder?"

Es wussten alle genau, was ich meinte: Ein paar Ecken weiter stand das kleine Zelt von Madame Malus, der Hexe, die uns beinahe für immer und ewig in das Reich der Toten verbannt hätte.

„Verdammt", brummte Meck. „Wenn wir uns noch mal in dieses Zelt wagen, passiert womöglich etwas noch Furchtbareres."

„Ich lege auch keinen Wert auf weiteren Kontakt mit dieser blöden Hexe", sagte Bea.

„Aber wir können doch nicht so tun, als ob nichts gewesen wäre", sagte ich. „Was ist, wenn sie noch mehr Leute ins Unglück stürzt? Wir müssen was gegen sie tun. Und wir können was tun."

Ich griff in meine Tasche und zog den Laurin hervor.

„Hiermit können wir Madame Malus dahin schicken, wo sie hingehört. Denkt an die Worte des Schirmherren."

„Ihr müsst gar nichts", mischte sich plötzlich Störti

ein. „Der Schirmherr und seine Gattin haben euch nämlich etwas sehr Wichtiges verschwiegen. Es stimmt, dass der Laurin jeden Bewohner aus der ANDEREN WELT aus der Welt der Lebenden ins Reich der Toten zurückschickt. Aber leider passiert es häufig, dass derjenige, der den Laurin auslöst, mit in die ANDERE WELT gerissen wird. Es gibt so eine Art Strudel zwi-

schen den Dimensionen und der ist unberechenbar. Ich weiß das von Lücke."

Ich stand da wie vom Donner gerührt. „Heißt das, dass …", stammelte ich.

„Genau", sagte Störti. „Wenn es schiefgeht, seid ihr – *zack!* – wieder auf der großen Ebene und alles geht von vorne los. Es gibt nur eine Möglichkeit: Ich, Klaus Störtebeker, Herr der sieben Meere, werde mich persönlich um diese Dame kümmern. Ich bin nämlich echt sauer auf sie. Los, zeigt mir dieses Zelt!" Und mit einem blitzschnellen Griff entriss er mir den Laurin.

„Ich flieg voraus", fiepte Horst. „Ich bin nämlich noch viel saurer auf diese Frau als du, Störti." Und dann flatterte er los und wir anderen liefen einfach hinterher.

Schließlich standen wir, etwas außer Atem, vor dem kleinen, so harmlos aussehenden Zelt.

„Störti, gibt es keine andere Möglichkeit?", flüsterte ich.

Meck und Bea schwiegen mit ängstlichen Gesichtern.

„Nein, Kinnings. Und als euer Käpt'n befehle ich euch, draußen zu bleiben. Jetzt geht's rund, Leute."

Dann aktivierte er den Laurin, der sofort zu glühen anfing und schließlich hell leuchtete.

„Attacke!", brüllte Störti und stürmte mit wehenden Haaren und dem leuchtenden Laurin in der Hand in das Zelt. Horst schoss piepsend hinterher, und auch Stribbi ließ den Rest einer Mandel fallen, fiepte laut: „Auf sie mit Gebrüll!", und sprang ebenfalls mitten hinein in das Zelt von Madame Malus.

Meck, Bea und ich standen da und hielten den Atem an.

Das Zelt wackelte. Störti fluchte, Stribbi fauchte, Horst piepste.

Und dann war auf einmal alles still. Ganz still.

Meck und Bea und ich starrten auf das Zelt. Drinnen tat sich immer noch nichts.

Wir warteten.

Plötzlich zitterte die Plane am Eingang. Uns stockte der Atem. Was, wenn jetzt die schreckliche Madame Malus herausstürmte, um furchtbare Rache an uns zu nehmen?

Doch dann tauchte Störtis riesiger Schädel auf. Er schob sich aus dem Zelt heraus. Stribbi und Horst saßen jeweils auf seiner linken und rechten Schulter. Und alle drei sahen ziemlich enttäuscht aus.

„Und?“, riefen wir drei wie aus einem Mund. „Erzähl, was ist da drinnen passiert?“

„Nix ist passiert“, brummte Störti. „Beim Barte des Klabautermannes. Verflixt und zugenäht. Weg ist sie, die alte Hexe. Die hat Lunte gerochen und sich aus dem Staub gemacht.“

Mürrisch drückte er mir den Laurin wieder in die Hand.

Alle schwiegen.

Dann rülpste Stribbi verhalten und piepste: „Aber die Nüsse sind klasse hier.“

„Ich stelle drei Dinge fest“, sagte Meck schließlich. „Störti, Stribbi und Horst sind jetzt bei uns in der Menschenwelt, die Hexe ist weg und keine Menschenseele wird uns diese Geschichte glauben. Aber erzählen können wir sie ohnehin niemandem.“

Bea sah Störti, Stribbi und Horst an. „Was machen wir denn jetzt mit euch?“, fragte sie.

„Ich hätte da eine Idee“, ertönte da plötzlich eine Stimme hinter uns.

Alle fuhren herum. Störti griff zu seinem Säbel. Stribbi knurrte. Vor uns stand ein bärtiger Mann. Fast so groß wie Störti. Er trug einen schwarzen Overall mit einem Totenkopfzeichen auf der Brust.

„Den kenn ich“, sagten Störti und Meck gleichzeitig.

„Das ist der Betreiber der Geisterbahn“, sagte Meck.

„Das ist ein Typ aus der ANDEREN WELT“, sagte Störti.

„Ja, was denn nun?“, fragte Bea verwirrt. „Beides kann er ja nicht sein.“

Der große Mann grinste und sagte: „Ihr habt beide Recht. Aber ihr habt hier schon genug Aufmerksamkeit erregt. Kommt, lasst uns in meinen Wohnwagen neben der Geisterbahn gehen, und dann erkläre ich euch die ganze Sache.“

Wir blickten Störti fragend an.

„Geht klar, bei der feuchten Socke des Klabautermanns“, sagte der Pirat. „Ich kenne diese alte

Knalltüte hier. Er sieht zwar gruselig aus, ist aber harmlos. Lasst uns in seinen Wohnwagen gehen. Ich will hören, wie er hierher kommt und was er hier macht."

Ein paar Minuten später saßen wir alle im geräumigen Wohnwagen des großen Mannes mit dem Totenkopf-Overall.

„Also", sagte der. „Störti hat Recht. Ich bin ein Bewohner der ANDEREN WELT. Eigentlich. Man nennt mich dort den Unsichtbaren. Ich starb als Mensch bei einer Explosion in einer physikalischen Forschungsanstalt. Und das Ergebnis war, dass ich in der ANDEREN WELT wieder erwachte und alle sieben Tage für einen Tag unsichtbar wurde. Kein Mensch, pardon, kein Geist, weiß warum. Irgendeine Überlagerung der Dimensionen nach meinem Unfall."

„Krass", sagte Bea.

„Fett", sagte Meck.

„Nussig", piepste Stribbi.

„Horstig", sagte Horst.

„Sein Spitzname ist allerdings Verschwindibus der Erste", ergänzte Störti. „Ist echt lästig, wenn man mit dem Typen Karten spielt und – *zack!* – auf einmal ist er weg. "

„Und wie kommst du nun hierher, Mr. Verschwindibus?", fragte ich.

„Na, ja", antwortete der Mann. Irgendwann hörte ich vom SCHLUND und dem Weg zurück in die Menschenwelt. Natürlich vom Studienrat. Und irgendwann dachte ich mir: Hey, du bist bald wieder unsichtbar. Versuch's doch mal. Als es wieder mal soweit war, folgte ich der ollen Madame Malus und schlich ihr hinterher. Nur sie kennt den Weg in die Menschenwelt. Es klappte alles. Und dann war ich hier in der Geisterbahn. Die alte Malus verschwand in ihrem Zelt auf dem Jahrmarkt, und ich stand vor dem Kassenhaus der Geisterbahn und überlegte, was ich nun tun sollte."

„Und dann?", fragte ich.

„Dann wurde ich wieder sichtbar. Dummerweise genau in dem Moment, in dem der Besitzer der Geisterbahn aus dem Kassenhaus rauskam. "

„Der hat ziemlich blöd geguckt, oder?", fragte Meck kichernd.

„Das ist stark untertrieben“, antwortete Verschwindibus der Erste. „Der gute Mann wurde kreidebleich, schrie irgendwas und rannte davon. Ich glaubte, er ist verrückt geworden. Auf jeden Fall tauchte er nie wieder auf. Tja, und ich habe dann einfach seinen Job übernommen. Bis auf Weiteres. Wenn der echte Besitzer wieder auftaucht, werden wir uns schon einig. Bis dahin bin ich der Chef hier. “

„Irre“, sagte Meck. „Ein Untoter als Chef einer Geisterbahn. Abgefahrener geht es wohl nicht.“

„Wer fährt ab?“, fragte Störti.

„Ach, nix“, antwortete Meck. „Ist nur so ein Spruch hier.“

„Und nun?“, fragte Bea. „Ist ja nett, dass wir jetzt Bescheid wissen. Aber was bringt uns das?“

„Aber begreifst du denn nicht?“, fragte der Unsichtbare. „Meine Geisterbahn ist die perfekte Tarnung für Störti, Stribbi und Horst. Hier zwischen all den Puppen-Monstern fallen sie nicht auf. Jeder wird denken, sie gehören hierher und sind nur verkleidet oder Maschinen oder so was.“

„Was ist das, eine Maschine?“, fragte Stribbi.

„Nix Schlimmes", antwortete ich zerstreut und dachte nach. „Das ist echt perfekt", sagte ich dann. „Die drei sind hier wirklich ziemlich gut aufgehoben. Bei unseren Eltern zu Hause können sie ja schlecht wohnen."

„Obwohl der Gedanke verlockend wäre," antwortete Bea. „Das Gesicht meiner Mutter möchte ich sehen, wenn ich Störti mitbringe und sage: ‚Der Pirat wohnt jetzt hier'."

Meck und ich lachten. Beas Mutter hatte Angst vor allem: Mäuse, Fliegen, Hunde, Katzen. Störti, ein Vampirhörnchen und einen sprechenden Spatz würde sie wohl kaum überleben.

„Ich bin dabei, ihr Kombüsen-Clowns", sagte Störti. „Aber in deinem komischen Wagen hier wird es wohl etwas eng. Ich brauche Platz, du Landei."

„Da habe ich schon eine Idee", sagte der Unsichtbare. „Im Keller unter der Geisterbahn ist ein großer Aufenthaltsraum. Ganz gemütlich. Da könnt ihr alle wohnen. Und die Kinder können euch immer besuchen."

Wir brachen sofort auf, um uns den Raum anzusehen. Eine Treppe hinter dem Kassenhäuschen der Geisterbahn führte hinab in den Keller zu einer schweren Holztür. Knarrend öffnete sie sich und gab den Blick frei auf einen Raum, so groß wie ein Klassenzimmer. Ein Kerzenleuchter erhellte ihn. Auf dem Boden lag ein weicher, blutroter Teppich. An den Wänden hingen Bilder mit Geistern, Gespenstern, Vampiren, Skeletten und all den gruseligen Gestalten, die man so aus Geisterbahnen kennt. Im hinteren Teil befand sich ein riesiges Ecksofa mit weichen Kissen und davor stand ein großer Glastisch.

„Hübsch, die Bude. Ein echter Partykeller", sagte Meck.

Bea und ich nickten. Das sah wirklich ganz ordentlich aus.

Stribbi hüpfte auf das Sofa, kuschelte sich an ein Kissen und brummte zufrieden. Horst flog einmal im Kreis durch den Raum, ließ sich dann neben Stribbi auf einer Armlehne nieder und hielt erwartungsvoll seinen Kopf schief.

Störti inspizierte den Raum gründlich, nickte dann ebenfalls und sagte: „Bei allen sieben Meeren und den achttausendfünfhundert Seen, die ich kenne – das nenn ich mal einen Raum. Hier lässt es sich aushalten.“

„Ja“, sagte Verschwindibus. „Hier könnt ihr drei wohnen. Die Kinder können immer zu Besuch kommen. Und das Beste ist: Störti, Stribbi und Horst müssen sich hier nicht verstecken. Sie können oben an der Geisterbahn mit mir arbeiten. Das ist wohl der einzige Ort in der Menschenwelt, wo die drei nicht auffallen. Alle werden denken, sie gehören dazu.“

„Lieber sichtbarer Unsichtbarer“, sagte ich mit weihevoller Stimme. „Du hast uns eine ideale Lösung präsentiert. Das hier ist ein wirklich toller Ort für unsere Freunde.“

„Wie ein Hauptquartier“, sagte Bea.

„Stimmt“, sagte Meck. „Wie das Hauptquartier einer richtigen Gang.“

„Und ich weiß auch, wie wir uns nennen“, rief Bea. „Wir sind ab sofort DIE GEISTER-GANG.“

„Du tapferes, überaus schlankes, aber kampferprobtes Klabauter-Mädchen, das klingt unheimlich gut“, grölte Störti. „Ich bin dabei. Meine Mannschaft, in der ihr alle ja sowieso schon Mitglieder seid, heißt ab sofort DIE GEISTER-GANG!“

Und das, liebe Leserinnen und Leser, war die Geburtsstunde unserer verschworenen Gemeinschaft. Drei Kinder und drei Wesen aus einer anderen Welt hatten sich zusammengetan: Sie waren die GEISTER-GANG.

Verschwindibus der Erste wurde zunächst Mitglied auf Probe. Ihn wollten wir erst mal in Ruhe kennenlernen.

Doch das mit der Ruhe war so eine Sache …

Damals wussten wir nämlich noch nicht, dass das nächste große Abenteuer schon auf uns wartete.

EPILOG

Nicht weit vom Hauptquartier der GEISTER-GANG, oben in der Geisterbahn, kam ein Stöhnen aus einer Wand. Sie erzitterte. Etwas brach auf. Eine weiße, wabernde Fläche war auf einmal zu sehen. Dann schloss die Wand sich wieder.

Der SCHLUND war noch nicht fertig mit Till, Meck und Bea …

Foto © Michael Holz

Kester Schlenz, geboren 1958, ist verheiratet und hat zwei erwachsene Söhne. Er studierte Sprachwissenschaften und Psychologie und arbeitete schon neben seinem Studium als freier Journalist. Sechs Jahre leitete er das Ressort „Kulter & Unterhaltung" der Zeitschrift BRIGITTE. Neun Jahre war er dann in gleicher Funktion beim STERN tätig und arbeitet dort jetzt in der Redaktion als Autor. Bekannt wurde er durch seine Bücher über das Vater-Werden und Vater-Sein. Schlenz schreibt aber auch Kinder- und Jugendbücher.

Foto © privat

Max Meinzold, geboren 1987, ist freischaffender Grafikdesigner und Illustrator. Nach der Ausbildung zum Mediengestalter arbeitete er einige Jahre bei einer Münchner Grafikagentur, bis er 2010 den Schritt in die Selbstständigkeit wagte. Seine Schwerpunkte liegen in den Bereichen Kinder- und Jugendliteratur, Fantasy und Science-Fiction. Für seine vielseitige, moderne und innovative Buchgestaltung wurde er bereits für zahlreiche Preise nominiert. Er lebt und arbeitet in München.

Die Abenteuer der Geister-Gang
gehen weiter in:

JAGD ÜBER DAS TEUFELSMEER

Erscheint im Frühjahr 2017

ISBN 978-3-473-36955-3